指先の魔法

chi-co

JN267226

AZ BUNKO
イースト・プレス

CONTENTS

illustration 小路龍流

指先の魔法

「え～っと……ここだっけ」

西原真琴《にしはらまこと》は、バイクを停めて目の前の大きなマンションを見上げた。そして、すぐに腕時計を見て時間を確認する。今日一日バイクを運転してだいぶ慣れたと思っていたが、やはり規定時間よりもオーバーしてしまった。

午後九時半過ぎ、交通渋滞だったという言い訳は通用しないだろうし、真琴も嘘《うそ》をつくつもりはなかった。

（俺って、本当にドン臭いなぁ）

三週間前に上京し、二週間前に大学生になって、合格が決まってから探したピザ屋のバイトにもやっと慣れたところだ。地方出身者の真琴は厨房《ちゅうぼう》専門スタッフだったが、今日に限って配達のバイトが二人休んでしまい、わかりやすい地域だけと言われて、慣れない配達を引き受けた。

車の免許は春休みの間に地元で取っていたが、バイクに乗るのは初めてだ。自転車に乗れるのなら大丈夫だという店長の根拠のない太鼓判と、三輪だから倒れることはないかもと、楽観的についその気になった自分が今は恨めしい。バイクが倒れることはなかったもののの慎重になりすぎて、時間が通常規定の一・五倍近くかかっているのだ。

しかし、幸いにどの客からも怒られはしなかった。多分、情けないほどに謝り続けた自分に呆《あき》れたせいもあるのかもしれない。

一七〇センチにギリギリ届く身長はあるものの、瘦《や》せ気味なのと、弄《いじ》っていない少し長めの黒髪のせいで年齢よりも幼く見える真琴が申し訳なさそうに頭を下げて謝ると、たいていの客は笑いながら許してくれた。

これから届ける相手も、優しい人だったらいいなと思いながらバイクを降りると、入り口に人影があるのが見えた。このマンションの住人だろうかと思いながらエントランスに入った真琴は、荷物を持ちながらなんとか指定された番号を押してインターホンを鳴らす。

「お待ちどうさまです。ピザ《森の熊さん》です、ご注文のピザをお届けに来ました」

マニュアル通りのセリフを言うと、少し時間を置いてから反応があった。

「……どうぞ」

「は、はい」

想像していたよりもずっと響きの良い声に促され、真琴はロックの外れたガラスドアを開けようとしたが、両手に持ったピザのせいで手が使えない。パーティでもするのかと思うほどたくさんの注文は、店にとっては嬉《うれ》しいものでも、非力な真琴にとってはかなり大変だ。食べ物を床に置くわけにはいかないし、どこかに置いてドアを開けてからと思っても、再びロックが閉まる時間には制限がある。

（ど、どうしよう）

真琴がドアの前で逡巡《しゅんじゅん》していると、いきなり背後から伸びてきた手がドアを開けてくれた。

「え？」

慌てて振り向くと、そこには一人の男が立っている。真琴よりもかなり背が高い、少しだけ強面《こわもて》の顔をしたこの男は、確か先ほどマンションの入り口にいた中の一人だ。

「あ、ありがとうございます」

タイミングがよかったと素直に礼を言うと、男はそのまま着いたエレベーターに一緒に乗り込み、何も言わないのに三階のボタンを押す。

（一緒の階だ）

本当に幸運だなとまったく疑いもしないでそう思っていた真琴は、エレベーターのドアが開くと先に男が降りるのを待ったが、男はなぜかそこに留《とど》まってドアが閉まるのを手で押さえてくれている。

（もしかして、俺のために？）

本当に、なんと親切な男だろう。人は見かけによらないなと思い、真琴は満面の笑みで再び礼を言った。

「ありがとうございますっ」

そんな真琴に男は少し驚いたようだが、無口なのかわずかに頭を上下させただけで何も言わない。真琴も頭を下げると、上昇した気分のまま客である三〇五号室へと向かう。

「これ、何人で食べるんだろ」

慣れない運転で両手は強張《こわば》って、気を抜くとピザの入っている箱を落としそうになる。真琴が慎重に箱を抱え直して顔を上げると、視界の先に三人の男が立っているのが見えた。

(あれって……)

それはどうやら、今から真琴が向かう部屋の前らしい。いずれもガッチリとした体軀《たいく》の見るからに人相の悪い三人は、近づいてきた真琴を胡散《うさん》臭そうに睨《にら》む。

反射的にビクッと身体《からだ》を強張らせた真琴とは反対に、男たちは真琴の手にしているものを見てすぐに身体をずらせて道をあけてくれた。

「あ、あの、も、森の……」

「そのまま入れ」

今まで真琴が会ったことがないような男たちの雰囲気に、急速に不安が高まってきた。なんだか良くない場所に足を踏み入れたのではないかと不安に思い、反射的に『嫌です』と言いそうになる。遅れてしまったことへのクレームも、どれだけ物凄《ものすご》いことになるか想像するだけで怖い。

しかし、このまま帰るなんてことはできなかった。とにかく謝罪して、最悪自分のバイト代から天引きしてもらう方法もあると様々なことをシミュレーションしながら慌ててペコリと頭を下げると、真琴は早く用をすませるためにインターホンを鳴らして早口に言った。

「あの、ピザ《森の熊さん》です！」

返答はなかったが、少し間を置いてドアが開いた。

「あのっ、森の……」

「何度も言わなくてもわかっています」

「は、はい、すみません」

（こ、怖い……）

出てきたのは、またもや長身の男だった。

そろそろ夜の十時になろうという時間なのに、まったく乱れた様子もなくきっちりとスーツを着込み、綺麗《きれい》に撫《な》でつけられた髪とフレームレスの眼鏡《めがね》のせいかエリートサラリーマンにしか思えない。ただし、眼鏡の奥の瞳《ひとみ》は冷たく、ゾクッとする光がある。

怖くなって無意識に俯《うつむ》くと、真琴は早口で形通りの文言を口にした。

「こ、このたびはご注文ありがとうございました。ご注文の品は……」

注文に間違いがないか、一つ一つ繰り返す。ＬＬサイズを五箱と、そのほかサイドメニューも諸々注文を受けていてかなり多いなという印象だった。ちゃんと食べてもらえるのだろうかという不安が脳裏を過《よぎ》るが、外にいた男たちも一緒に食べるのかもしれない。

目線を逸《そ》らしていても感じる視線に落ち着かない気持ちのまま、真琴はようやく注文の品を言い終えた。

「い、以上、間違いございませんでしょうか？」

「ええ」

「それでは、消費税込みで二万五千六百円になります」

とにかく早く立ち去りたい真琴は、いつでも釣りを渡せるようにと身構える。

しかし、いつまで経っても代金が差し出されないのでおずおずと顔を上げると、目が合った男は真琴を見つめたまま言った。

「かなり、重そうですね」

「……は？」

「私には到底運べないようです。申し訳ありませんが中まで運んでいただけますか」

「お、重い……ですか？」

見るからに非力な真琴がここまで運んできたものを、スレンダーだが明らかに真琴より力のありそうな目の前の男が持てないとは考えにくい。手に怪我《けが》をしているのならばまだわかるが、身体の横にある両手はどう見ても無傷だ。

（部屋に上がったら……そ、想像したくない……）

本来、訪ねた家の玄関から先に上がることは規定で禁じられていた。後々無用なクレームをつけられないようにするためだ。しかし、すぐに断ろうとした真琴の決意は、男の凍えるような冷たい眼差《まなざ》しの前に萎《しぼ》んでしまう。

真琴は引きつった笑みを頬《ほお》に張りつけ、渋々頷《うなず》いた。

促されるようにして玄関に入ると、すぐに二人の男の姿が見えた。外の男たちと同様にやはり鋭い目つきをしている。その格好はラフな服装だった外の男たちとは違い、全員黒ずくめのスーツを着ていた。そして、明らかに物騒な気配を漂わせている。

「倉橋《くらはし》幹部、そいつは？」

（か、幹部？）

「会長は承知されています」

（……会長？）

頭上で交わされる会話に、真琴の緊張と困惑はどんどん強くなってきた。

外にいた男たちと、玄関前にいた男たち。出迎えてくれた倉橋と呼ばれている男と、さらに中にいた男たち。彼らの正体は真琴にはわからない。それでも、自分とは関わり合うはずのない種類の人たちだというのは肌で感じる。

そんな人たちが暢気《のんき》にピザを頼むんだろうかと疑問も浮かぶが、もちろん気やすく言葉に出すなんてできるはずもなかった。

（ど、どうしよう）

廊下を半分まで進んだ時、どうしようもない緊張感とわけのわからない恐怖のせいで思わず足を止めたが、倉橋と呼ばれた男に背中を押された。

「おとなしくしていれば何もしません」

「ほ、ほんとに？」

動揺するあまり子供のような口調になってしまった真琴に、男——倉橋は初めてわずかな笑みを見せて頷く。

「わ、わかりました」

まさかこのままボコボコにされることはないだろう。この人は本当に手を怪我して重いものが持てないだけで、言うとおりに運べばすぐに解放してもらえる。

かろうじてそう自分を納得させ、真琴は再び怖々と足を進めた。突き当たりのドアの前まで来ると、中から人の気配と物音が聞こえてくる。

（まだ誰《だれ》かいるんだ……）

キュッと唇を噛《か》みしめた時、倉橋がドアの向こうに声をかけた。

「ピザ屋が来ました」

「……入れ」

聞こえてきたのは腰にズシンとくるような、低く響く声だ。怒っている様子はないものの、真琴にとってはかなり威嚇《いかく》されているように感じる。

「あ、あのっ」

思わず助けを求めるように隣にいる倉橋を見上げたが、彼はまったく表情を変えずに真琴の手からピザを取り上げると、軽くその背を押して中へと誘った。

「入ったら、言われたとおりに」

そう言われたと同時に、中からドアが開けられる。

「あ……ん、んぐ……っ」

「……え……」

その瞬間目に入ったのは、ソファに腰かけている男だ。そして……。

「！」

男の足元に、女が蹲《うずくま》っていた。派手な色でかなり露出の激しい下着はほぼ全裸に近く、真琴は慌てて視線を逸らす。その一瞬で、座っている男の下半身に女が顔を埋めているのはわかった。

（い、今の……って……）

視界は遮られても、耳にはくぐもった荒い息遣いや粘膜が擦《こす》れるような生々しい音が聞こえてきて、二人が今どんな行為をしているのかが奥手な真琴にもなんとなくだが予想がついた。しかし、そういうことは寝室で、二人だけの時にする行為のはずで、こんな煌々《こうこう》とした明かりがつくリビングで、真琴以外にも何人もの視線がある中で行うものではないと思ってしまう。

いたたまれなくて、それでもその場から逃げ出そうにも背後に倉橋がいて、動けない真琴は俯くことしかできない。

その時、

「その男か?」

先ほど、入室を許可した声がした。身体も声も硬直させたままの真琴の代わりに、倉橋が答える。

「はい。会長のご希望には沿わないと思いますが」

その言葉に、感情のこもらない声が告げた。

「退屈な時間も、少しはましになるかと思ったんだがな」

「いかがなさいますか?　このまま帰しますか?」

「……そうだな」

淡々と交わされる言葉を聞きながら、真琴はようやく少し顔を上げた。邪《よこしま》な興味からではなく、状況を把握しなければと思ったからだ。

部屋の中には何人かの人間がいたが、女は男の足元に蹲っている一人だけだった。

真琴よりは年上のようだが、それでもまだ二十代前半に見えるくらい若い。本来なら二人だけでする行為を自分のような第三者に見られて、自分なら死にたいくらい恥ずかしいと思う。ましてや女の子なら……そこまで考えると、真琴の凍りついた喉《のど》がようやく開いた。

「や、やめさせてあげてください」

突然の真琴の言葉に、一瞬間をおいて疑問が投げかけられた。

「何をだ？」

「か、可哀想《かわいそう》です、女の子なのに、人に見られるなんて……」

「女の子？」

「そ、そうです」

「……頼み事は、相手の目を見て言えと言われなかったか？」

言われていることは正しくて、真琴は思いきって顔を上げると、やっと真正面に座っている男の顔を見た。

（うわ……）

こんなにカッコいい男を見たのは初めてだ。軽く撫でつけた黒髪に、端正な容貌《ようぼう》。ノンフレームの眼鏡をかけてはいるが、その鋭い眼差しをけして和らげることはない。男らしい少しだけ厚めの唇が、ストイックな雰囲気を艶《あで》やかなものに変えていた。

座っていてもかなりの長身だとわかる長い足。その間に、今も女が蹲って奉仕を続けている。いやらしい行為なのに、どこか相手を見下しているような――。

目の前にいる男は、明らかに違う世界の住人だ。ずば抜けたその整った容姿より何より、まとっている圧倒的なオーラが一般人とまったく違うのだ。

背筋に冷や汗が流れ、足が震えてしまう。それでも、真琴はなんとかもう一度、震える声で繰り返した。

「は、放してあげて、ください」

しばらく、なんの反応もなかった。自分の言うことなど聞く価値もないと、一笑に付されてしまっている、いや、もしかして怒らせてしまったのではないかと心臓がバクバクして泣きたくなった。

だが、しばらくして、

「やめろ」

一言男が言った途端、女が離れるより早く側《そば》に控えていた男たちが女の身体を引き剝《は》がした。

「きゃあ！」

悲鳴を上げ、そのまま床に倒れ込む女に視線を向けることもなく、男はゆっくりとソファから立ち上がる。開いたままのズボンの間から反応していないペニスが見えたが、それは真琴が見たこともないほどの大きさだ。少しだけ、男のストイックにも見える容姿とはそぐわないななんて、変なことを考えてしまった。

それでもすぐに見てはいけないものだと慌てて視線を逸らすと、その間に男は身支度を調えたらしく、間もなく真琴の側まで歩み寄ってくる。

（お、おっきい……）

真琴の兄も背が高くがたいも大きいが、この男も目の前に立つと、感じる威圧はかなりのものだ。一七〇センチの真琴では見上げなければならず、一見細身に感じるものの、高そうなスーツに包まれている身体は脆弱《ぜいじゃく》そうには見えなかった。

見下ろしてくる男の眼差しは、なんだかとても暗い色を含んで、温度がない。無謀にも男に対して意見した自分がどうなってしまうのか、真琴はようやく身の危険に考えがいった。

視線の先で、男が手を上げるのが見える。殴られる……そう思ってギュッと目をつぶった瞬間、突然片手で顎《あご》を取られて俯いた顔を上向きにされた。

「名前は？」

「……え？」

「お前の名前だ」

思いがけない言葉に思わず目を開くと、驚くほど近くに男の顔がある。

「わ……」

大きな目をさらに丸くしてポカンと見つめるしかない真琴に、男は静かに尋ねてきた。

「なんだ？」

「カッコよくて……」

思わず零《こぼ》れた言葉に男は初めて表情を動かし、驚いたような顔をした。

そして次の瞬間には目を細めて口角を上げる。笑ったのだろうかと思っていると、男は先ほどまでの鋭い気配を幾分か緩めて、戸惑《とまど》う真琴に向かって言った。

「面と向かって褒められるのは気恥ずかしいな」

「え、あ、す、すみません」

初対面の、それも明らかにカッコいい人に改めてそう言うのはかえって失礼だったかもしれない。真琴が慌てて謝ると、男はいやと否定してくる。

「お前の名前は？」

繰り返された問いに、今度は口を開いてしまった。

「に、西原です」

「下は？」

ユニホームについている名札に書かれている苗字《みょうじ》だけならばまだしも、下の名前まで言うのはやはり躊躇《ためら》う。だが、男の無言の圧力に抵抗できるほど真琴は図太くなく、観念して小さな声で答えた。

「……ま、真琴です」

「西原真琴か」

「は、はい」

「真琴、お前の言うとおりに女を解放して、俺になんのメリットがある？」

「メリット……？」

「まさかなんの見返りもなしか？」

「見返り……だって、俺は……」

確かに、男が真琴の言うとおりにする必要はまったくなかった。むしろ行為の最中を邪魔したと言われ、殴られて外に放り出されてもおかしくない。そもそも真琴は、ここにピザを届けに来ただけで、人さまの性生活に口を挟む資格なんてないのだ。

真琴は床に座り込んだままの女を見た。女は突き放された格好のまま、目だけは真琴に向けられている。どこか憎々しげなその視線に戸惑ったが、男は真琴の意識を強引に自分の方に向けるように言った。

「どうだ？」

「どうって、えっと……」

（メリット、メリットって……）

真琴の意識が自分に戻ったことを確認し、男は背後に控えている男たちに視線を向ける。

その意味を考える前に男たちは素早く女を拘束し、途端に泣き喚《わめ》く女をその部屋から連れ出してしまった。

「あっ！」

「お前の答えは？」

まるで、先ほどの行為はまったくなかったことにして、女の存在さえ綺麗に消し去ってしまったようで怖い。

追い詰められてしまった真琴は落ち着きなく視線を彷徨《さまよ》わせる。その視線が、自分を連れてきた倉橋の姿を捉《とら》えて止まった。

「！」

正確には倉橋ではなく、彼が手に持っているものに、だ。その手には、部屋に入る前に取り上げられたピザの箱がそのままあったのだ。

「ピザ！」

「ピザ？」

「そ、そうです！」

真琴はパッと倉橋に駆け寄って箱を取り返すと、そのままソファ近くのローテーブルの上で箱を開いた。少し冷めかけているが、十分に美味《おい》しそうな匂《にお》いが部屋に漂う。

「うちのピザ、他の店よりチーズが多くて、美味しいんです！　今日ご注文していただいたジャーマンポテトも北海道産だし、カニもタラバガニで！」

話しているうちに、どんどん店の宣伝文句のようになってくる。しかし、焦っている真琴は頭の中が真っ白で、店長直伝《じきでん》で叩《たた》き込まれた店のマニュアルだけが自動的に口をついて出てきた。

「生地は薄めだから、冷えてもパリパリ感は残ってます！　でも、熱いうちに召し上がった方が断然美味しいし、こんなに量があるなら外の人たちも食べられるし！　あ！」

真琴は腕時計を男の目線まで上げた。

「規定時間をオーバーしてしまい、すみませんでした！　代わりに、次回割引の券をさしあげますっ」

一気にそこまで言うと、真琴はハァと溜《た》め息をつく。だが、言ってしまった後で、場違いだったかもと青ざめた。

「ふ……」

「クッ……」

笑ったのは、誰が最初だったのか。目の前の男はさらに笑みを深くし、側に控えていた倉橋も小さく吹き出している。他の男たちも声には出していないものの、肩を震わせて俯いたまま笑うのを堪《こら》えていた。

その反応に、真琴はガバッと頭を下げる。

「す、すみませんっ。でも、メリットって、ピザ、ほんとに美味しいから……」

しかし焦っているのは真琴だけで、やがて男は目元にまだ笑みを残しながら言った。

「店の名は?」

「《森の熊さん》です」

萎縮《いしゅく》してしまった真琴の代わりに少し柔らかい口調で、それでも十分生真面目《きまじめ》に倉橋が答える。

「代金を払ってやれ」

「はい」

「チップもな」

「はい」

「ま、待ってください!」

早い話の展開に戸惑う真琴は、それでも『チップ』という言葉に反応した。

「どんな金品も受け取っちゃいけない決まりですからっ」

「お前の小遣いにしたらいい」

「駄目です!　決まりですからっ」

そうでなくても時間をオーバーした自分は、反対にペナルティを科されなければならない立場だ。この状況で迷惑をかけたお客様にチップまで貰ったなどと報告したら絶対に叱《しか》られてしまうというか、とても受け取ることなんてできない。

「黙っていればいい」

「お、俺、嘘下手だからっ、みんなにすぐわかっちゃいますっ」

とにかく、ピザの代金だけ払ってもらえればいいのだ。

「じゃあ、いくらなら受け取る？」

「代金の二万五千六百円ですっ」

頑《かたく》なにそう言い、それ以外は受け取らないぞというふうに両手を後ろに隠した。子供っぽい仕草だと思うものの男は怒ることなく、倉橋に頷いてみせる。すぐに内ポケットから財布を取り出した彼が、半ば泣きそうな目になっている真琴に代金を差し出した。

「二万五千六百円ですね」

「は、はい、ありがとうございます」

数えると二万六千円あり、真琴はウエストポーチから釣りの四百円を取り出し、倉橋の綺麗な手のひらに載せる。慌てていたせいか、札の端が少しだけポーチの外に出たままだったが、それを直す余裕はなかった。

「か、帰ってもいいですか？」

代金を受け取れば用はすんだ。だが、部屋の中まで上がっている状態で、即座に引き返すのも躊躇われる。真琴は一刻も早く部屋を出たくて縋《すが》るように倉橋を見つめると、倉橋はいったん目の前の男を見た後、側にいた別の男に言った。

「清水《しみず》、下まで送って差し上げてください」

「だ、大丈夫です、一人で……」

「どうぞ」

当然のように真琴の言葉より倉橋の言葉の方を取った男――清水は、軽く真琴の背を押して促した。これ以上、反抗して帰れなくなるのも困ると思った真琴は戸惑いながらも部屋を出ようとしたが、ハッと思い出したように振り返る。

「あの、あの人」

「あの人？」

「もう、酷《ひど》いことしませんよね？」

倉橋ではなく、目の前の男に向かって言った。女に対して手を上げるような人物ではなさそうだが、それでも自分の目で見た冷淡な態度は頭の中から消えなくて、真琴は自身の不安を払拭《ふっしょく》したかった。

「……ああ、あれか」

どうやら、真琴が言うまで女の存在は男の頭の中から消えていたらしい。呟《つぶや》くように言った後に頷いてくれる。

「わかった」

「あ、ありがとうございます」

頭を下げ、真琴は今度こそ安心して素直に部屋を出た。

「ご苦労様でした」

「こ、こちらこそ、ありがとうございました」

倉橋に礼を言って玄関のドアを開けた時、外にいた男たちが真琴の後ろを見て慌てたように自分たちが送ると申し出たが、清水は一睨みで黙らせ、そのまままるで真琴を守るように下まで連れて行ってくれた。

「お気をつけて」

強面の、自分より年上の清水に深々と頭を下げられ、真琴も慌てて頭を下げた。今日は何度こうして頭を下げただろうか。

わざわざマンションの外まで送ってくれた清水は、すぐに立ち去ろうとはせずその場に立っている。急《せ》かされているわけではないだろうが、真琴はいつもより数段早くヘルメットを被《かぶ》ってバイクに跨《またが》った。

「あ」

「何か?」

真琴はふと思いつき、エンジンをかけようとした手を止めて清水に言う。

「あの、部屋に戻られますよね?」

「……それが？」

怪訝《けげん》そうに聞き返す清水に、真琴はまだ少し強張ったままの笑顔を向けた。

「ピザ、いっぱいありますから」

「は？」

「皆さんで食べられるんですよね？　ちょっと冷えたかもしれないけど、味は絶対美味しいですから」

一生懸命に言う真琴の気持ちが伝わったのか、清水は厳《いか》つい顔にぎこちない笑みを浮かべて頷いてくれる。

「ありがとうございます」

「い、いえ、それじゃ」

慣れない運転とまだ緊張しているせいか、走り出したバイクはふらついたが、それでもなんとか無事配達を終えた真琴は安堵《あんど》の息をついた。


走り出した車の中は静まりかえっていた。ゆったりとした後部座席に座っている男の眼鏡の奥の目は閉じられていたが、その頬には常にはない笑みが浮かんでいる。面白くもななり良い。

い情事、それも、結局は抱くこともなかった無駄な時間を過ごしたわりに、男の機嫌はか

「気に入りましたか？」

「……《森の熊さん》か？」

「熊というより、赤ずきんのようでしたが」

珍しい倉橋の軽口に男は目を開いた。

「確かにな」

「見た目以上に幼いようですね」

「あのぶんじゃ、俺の正体はわからなかっただろうな」

「普通なら縁がないですから」

「……そうだな」

関東最大の暴力団『大東組《だいとう》』の傘下、『開成会《かいせい》』の三代目会長、海藤貴士《かいどうたかし》。それが男

――海藤の肩書きだ。海藤は前開成会会長であった菱沼辰雄《ひしぬまたつお》の甥《おい》にあたり、幼い頃から

後継者として育てられていた。

先を見越していた菱沼は、海藤を経済ヤクザにするべく一流大学に進学させた。さらに

は司法試験も受けさせられて、在学中に合格もした。

海藤自身、これからこの世界も腕力だけでは生き残れないことを十分理解し、組とは一

線を置いた経営コンサルタント会社を設立して表の世界の経済界にも進出し、今や大東組への上納金は最高額を誇り、三十一歳の現在、経済ヤクザとして名をとどろかせるまでになった。

　武闘派であった菱沼の後継者を名乗るうえでも剣道と空手は段を持ち、若頭の頃は先頭をきって出入りもして、未《いま》だ負けなしという逸話も持っている。

その片腕でもある倉橋克己《かつみ》は、海藤の大学時代の二年先輩だ。

倉橋は弁護士の両親を持ついわばエリートで、自身も卒業後検事になっていた。

まったく違う世界の二人が再会したのは四年前の夜の街。『先輩、俺のところに来たら、生きている実感が湧《わ》きますよ』――海藤の言葉にあっさりと検事を辞めた倉橋は、短期間のうちに裏の世界に溶け込んでいった。

　家族とは絶縁になったらしいが、後悔はしていないようだ。

常に共にいる二人の信頼関係は強固で、海藤に意見できる貴重な存在の倉橋は組のナンバーツーにまで上りつめていた。

「そういえば、会長、女はどうしましょう」

　圧倒的なカリスマ性を持つ海藤は、その頭脳や経営手腕だけでなく容姿にも恵まれており、一夜だけの関係でもと切望する女が絶えることはない。先ほどの女もその中の一人でしかなく、海藤は名前さえ知らなかった。

今夜、接待で行ったクラブのナンバーワンホステスにどうしても抱いて欲しいと懇願され、気まぐれに女のマンションまで来た。しかし、若さだけがとりえの女は気の利いた会話さえできず、海藤の護衛について来た者たちを追い出して二人きりになろうとした。海藤の立場より、自分とのセックスを優先させようとしたのだ。

おそらく、ベッドの中でパトロンになって欲しいと頼むつもりだったのだろう。ヤクザ者とはいえ、海藤には有り余る権力と金があるからだ。

しかし、たかが性欲処理のために見繕った女の傲慢《ごうまん》な態度に、海藤の心情は少しも動くことはなかった。ベルトを外すのさえ面倒になり、そのまま帰ろうとしたのを女が必死で止め、懇願した。

なんでもするから抱いてくれ、と。

そこまできたら面倒だとそのまま帰ってもよかったが、女がどこまでするのか見るのも退屈しのぎになるかと思った。電話帳で適当に選んだピザ屋に電話をさせ、配達してきたのが女であれば共にセックスをしようと誘わせ、男であれば誘惑してその気にさせてみろと告げた。

海藤はただ見ているだけのつもりだったが、了承した女は見せつけるためだと、勝手に服を脱ぎ捨ててペニスを銜《くわ》えたのだ。勃起《ぼっき》しなくてもかなりの大きさのペニスを美味しそうに銜えている女の愛撫《あいぶ》にはすぐに飽きた。それなりの経験を積んで上手《うま》いのだろうが、飢えている女の顔を見ているだけで幻滅する。

やがて現れた余興のはずの配達の若い男も、まるで子供で楽しめそうになかったが。

その男は女の姿にまったく欲情した様子を見せず、あろうことか痴態を見せる女のことを助けようとしてきた。

はっきりと正体はわからないだろうが、海藤が一般人ではないとさすがに気づくはずだ。普通なら萎縮して目を合わせられないどころか、声も出せない者が多い。そんな中、震えながらも自分の意思を伝える男が、海藤にとっては目の前の女よりはるかに価値のある人間に思えた。

だからこそ、今までいったん口に出したことを、それがたとえ小さなことでも覆すことがなかった海藤が、女のことも、チップのことも、男——真琴の意を酌んでやったのだ。

「高校生か？」

「バイクは運転できる歳《とし》ですね。中学生ではないでしょうが……調べますか？」

どんな高級な女も選び放題でも、他人に関心のない海藤は特定の人間を気にかけることなど今までなかった。

常に側にいてそのことを知っている倉橋も、わずかでも海藤の感情を揺さぶった真琴に興味が湧いたらしい。

海藤は眼鏡を外すと、ミラー越しに倉橋と視線を合わせた。もともと視力は悪くなく、自分より年嵩《としかさ》の組長たちに対するためにだけ眼鏡をかけているのだ。眼鏡という媒体を通さないと海藤の視線はかなり鋭く、他の者なら震え上がるその視線に、倉橋だけは恐れることもなく言葉を続けた。

「清水にピザの宣伝をしたようです、美味しいと」

それは確か、真琴を下まで送った組員だ。意表をついた真琴の行動に、海藤は思わず笑みを漏らした。

「店員の鑑《かがみ》だな」

「うちに欲しいくらいですよ」

怯《おび》えながら、震えながら、それでも自分に対していた真琴。可愛《かわい》らしい容姿よりも先に、その言動が気に入ってしまった。もっと話したい、側で見てみたいと思った。力を使って従わせるのは簡単だが、それだけで終わってしまうことはしたくない。

(この俺が……な)

中学に入る前に既にセックスを経験していた海藤は、女関係ではまったく不自由はしていない。家業のせいで周囲から遠巻きにされることはあったが、それ以上に強烈なカリスマ性で人を惹《ひ》きつけてきた。

だからこそヤクザという自分の立場を今まで気にも留めなかったが、真琴がそれを知った時どう思うか、少なからず気にしている自分が滑稽《こっけい》な気がする。

黙り込んでしまった海藤に、倉橋は静かに告げた。

「ピザを頼みますか？」

「……」

「配達人は指名しましょう。美味しいピザを届けてくれますよ」

そういえば、恐怖を誤魔化《ごまか》すためだろうが、真琴はしきりに店のピザを褒めていた。配達ならば嫌でも来るはずだ。

「若い奴らに食わせるか」

「会長の奢《おご》りだと言ったら喉に詰まりそうですね」

たった今別れたばかりだというのに、もう会いたいと思っている。そんなふうに感じること自体初めてかもしれないと思いながら、海藤はゆっくりと目を閉じ、深くシートに身を沈めた。


「はい、ありがとうございます、《森の熊さん》です」

非現実的な出来事から一週間、真琴はやっといつもの日常を取り戻していた。

あの夜から二、三日は、いつあの男たちがやってきて対応の不備を訴えられるかとびくびくしていたが、何もないまま時間は過ぎ去り、いつしかあの出来事は夢だったのかもとまで思うようになっていた。

「あ、酒井《さかい》さん、いつもありがとうございます」

午後九時を回り、かかってきた注文の電話は常連の客で、真琴がいつものように世間話をしながら注文を聞いていると、別の電話が鳴って手の空いていた先輩が取った。

「ありがとうございます、《森の熊さん》です」

マニュアル通り対応している声が聞こえる。

しかし、その声の調子は次第に戸惑ったようなものに変わった。

「え……と、それは……」

(どうしたんだろ？)

「以上でよろしいですね？　ありがとうございました」

先に電話を切った真琴が視線を向けると、先輩が言いにくそうに告げた。

「西原、配達の注文なんだけど……」

「はい」

「お前に配達の指名なんだ」

「指名？」

電話対応をした真琴目当ての指名は、本人に伝える前に先輩たちがいつもなら断ってくれていたので、こうして面と向かって聞かれるのは珍しいことだった。対応している本人と会ってみたいという申し入れは嬉しいものの、やはりバイクの運転には自信がないのだ。

それでも忙しい時ならば頷くところだったが、今日はまだ配達担当の手は空いているし、先日のこともあったので真琴は申し訳なく思いながらも拒否した。

「すみません、断ってもらっていいですか？」

「俺もそう思ったんだけどさ……と」

先輩は慌てて電話を保留に切り替える。

「なんか断れない雰囲気でさ。お前が来てくれるなら、十枚注文するって言ってるし」

「じゅ、十枚？」

真琴がバイトを始めてから、一度に注文されるものとしては聞いたこともない大きな数字だ。

「断るんなら本人がってさ。どうする？」

急に、真琴は背中にゾクッとしたものを感じた。大量の注文に、有無を言わせないような態度。なんだか嫌な予感がする。

「西原？」

「わ、わかりました」

単に気のせいかもしれないが、電話ならまだちゃんと断れるはずだ。

怪訝そうな視線に強張った笑みを向けると、真琴は気のせい気のせいと自分の心に言い聞かせながら、保留になっていた受話器を取った。

「お、お電話代わりました、西原ですけど……」

『お仕事ご苦労様です』

「！」

聞き覚えのある冷ややややかな声が、真琴の心臓を鷲摑《わしづか》みにした。嫌な予感は予感ではなく、現実だった。

『あなたに配達をお願いしたいのですが、よろしいですね？』

真琴が絶対に断るはずはないと確信しての言葉に、今さら嫌ですと言えるはずもない。

「……この間のとこですか？」

脳裏に、あの時の男と女の姿が鮮やかに思い浮かぶ。不安に曇る真琴の表情が見えたかのように、電話の声は少し柔らかくなった。

『いいえ、今日は会社の方にお願いします。メニューはあなたのお勧めで、一番大きいサイズを十枚程。もっと注文した方がよろしいですか？』

「い、いいえ！　あんまり多いとバイクがこけちゃいそうですから！」

真剣に言ったつもりだが笑いのつぼにはまったのか、今度は声を出して笑われる。

『それでは、あなたの持てる範囲でお願いします。場所は……』

告げられたのはあの夜のマンションとは正反対の、オフィスビルが立ち並ぶ場所だ。ビルの名前も聞いて、本当に会社に配達するみたいだと、真琴は小さく安堵の溜め息をついた。

話の流れから注文を受けることがわかった先輩が、横から時間時間と焦ったように言っている。

配達時間延長の承諾も、初めにちゃんと伝えなければならない。

「わかりました。会社を訪ねればいいんですね？　あ、あのっ、三十分以内にお届けするのは難しいかもしれないんですけど」

『構いません。入り口で私の名前を言ってくだされればわかるようにしておきます』

「名前……倉橋さん、ですよね？」

確認するように言うと、少し間が空いた後、

『そうです。覚えていただいて、嬉しいですよ』

と、倉橋は柔らかく肯定した。

それからほぼ一時間後、目の前に建つビルを見上げた真琴は思わず、

「お洒落《しゃれ》なビル……」

そう、呟いた。

十階建てのビルは高層ビルとは言えないが、素人の真琴の目から見ても洗練されたデザ

インで、どんな会社が入っているのかと純粋に興味をそそられた。

時間は午後十時を少し回った頃だったが、建物の明かりは赤々と点《つ》いており、まだ活動中という様子だ。

（なんの会社だろ……？）

恐る恐るビルの入り口に立つと、ホテルのような玄関ロビーに数人の男たちがいるのが見える。

そこにいたのは、先日のマンションのドアの外に立っていたような強面の男たちだ。彼らはすぐに真琴に気づいたようで、その中の一人がこちらへと歩み寄ってくる。それは、先日マンションの外まで送ってくれた清水だった。

「お待ちしておりました」

明らかに年下の自分に対しても丁寧に対応してくれる清水に、真琴は焦りながら頭を下げる。

「は、はい、ご注文ありがとうございます。メニューの確認を……」

「倉橋が上で待っていますので、どうぞ」

「う、あ、はい」

本当はここで渡してそのまま帰りたかったが断ることはできず、そのまま奥のエレベーターに乗せられたが、今回はすぐに出迎えてくれた清水が荷物を持ってくれる。

反対に間が持たなくて、真琴は思いきって声をかけてみた。

「あの」

「はい」

四十前後に見える清水は、厳つい顔に似合わず言動は物静かだ。真琴は少し安堵した。

「ピザ、食べてもらえました?」

その問いに、以前の会話を覚えていたのか、清水の頬がわずかに笑んだ。

「いただきました。美味かったですよ」

自分が好きなものを褒められると嬉しくて、真琴の頬にも自然な笑みが浮かんでくる。短いその会話で、ここに来るまでの不安な気持ちを束《つか》の間だが忘れられた。

しばらくしてエレベーターが止まったのは最上階のフロアーで、開いた扉の向こうの広々とした廊下の両端に、いくつかの部屋が並んでいた。外見と同じようにビルの内部もシンプルでお洒落で、隣にいる清水や下にいた男たちの存在は不釣合いすぎて、どこかチグハグに感じてしまう。

思わずキョロキョロと辺りを見回していると、まるで見計らったように奥のドアが開いた。

「あ……」

現れたのは、またしてもこの場に似合わないような人物だった。

「ご苦労様、ここからは私が案内するわ」

「……っ」

(お、男の人……?)

まるで女のような話し方をしているが、その声は甘くまろやかな男の声だ。

すらりと背も高くて、身体つきは意外にも華奢《きゃしゃ》ではなく立派な男のものだった。

少し長めの栗色の髪と耳元のピアスが印象的で、着ている背広も細身でスタイリッシュだし、高い腰の位置といい、長い手足といい、華やかな雰囲気と相まって、まるで雑誌のモデルのように見えた。

その不思議な存在感を持つ男は、驚きで目を丸くしている真琴をしばらく観察するように見つめていたが、すぐににっこりと笑ってみせる。

綺麗だがけして女っぽくはない美貌《びぼう》の男に、真琴は思わずドキドキして顔を赤らめてしまった。

「綾辻《あやつじ》幹部」

連れてきてくれた清水が声をかけると、綾辻と呼ばれた男は苦笑を浮かべて両手を上げた。そんな仕草さえ絵になる。

「相変わらず堅苦しいわね、清水は。ほら、真琴ちゃんよね? 私、綾辻ユウ。これからちょくちょく会うとは思うけど、よろしくね」

「は、はあ」

違和感のある女言葉で話す綾辻の勢いに釣られて思わず頷いてしまった真琴だったが、綾辻はその返事に満足したように目元を緩めた。

「あなたのことを首を長くして待ってる人がいるわ」

それが誰なのかは言わないまま、綾辻はそっと真琴の背を押した。その場に足を踏ん張ることもできずに入った重厚な木製のドアの向こうには、忘れたくても頭の中のどこかで記憶に残っていたあの夜の男たちがいる。

色味の少ない落ち着いた部屋の中、あの夜と同じようにソファに座っていた男は、入り口で立ちすくんでいる真琴を見てわずかに目を細めた。

「よく来たな」

「ご、ご注文、ありがとうございます。ピザは……あ、さっきの人に渡したまま！」

ピザをエレベーターの前で別れてしまった清水の手に渡したままだったことに気づき、真琴は慌てて取りに戻ろうと振り返ったが、側にいた綾辻がやんわりと止めた。

「あれは後で、皆でいただくから心配しないで」

「で、でも、一応確認しないと」

「大丈夫、信用してるから」

そこまで言われては言い返すのも子供のような気がして、真琴はおとなしく口を噤《つぐ》んだ。

「電話で聞いた代金を用意しています。確かめていただけますか？」

ソファの側に立っていた倉橋が、封筒をガラスのテーブルの上に置きながら言う。料金を受け取るにはソファに近づかなければならず、真琴はおずおずと座っている男を気にしながら歩み寄った。

「た、確かめさせていただきます」

震える手で封筒に入れられた代金を数えながら、真琴は先ほどからずっと横顔に注がれる視線に戸惑っていた。

（ど、どうしてずっと見てるんだろ……）

怖いというイメージしか残っていなかったが、こうして再会するとやはり見惚《みと》れるほどカッコいい男だったんだなと思った。今日も高そうなスーツを着ていたが、しっかりと体格ができているせいかピッタリとはまっていて、まさに大人の男といった雰囲気だ。

（お父さんや兄ちゃんたちとは全然違うし……）

一番見知っている家族は、オヤジギャグを連発する楽しい祖父と、ぽややんとした父、反対に二人の兄たちはごつく生真面目な体育会系で、弟はまだまだ幼い小学生。友人やバイト先の先輩たちも今時の若者で、目の前の初めて出会う存在に真琴は戸惑うしかない。

そもそも、単なる客にここまで緊張しなくてもいいのだろうが、真琴はどうしてもこの場の雰囲気に慣れることはできそうになく、早々に立ち去ろうと確認した代金を再び封筒に入れた。

「確かに代金をいただきました。ありがとうございました、またよろしくお願いします」

「西原さん」

早口で告げて頭を下げ、そのまま踵《きびす》を返そうとした真琴は、まるでこのタイミングを計ったかのような倉橋の言葉に肩を震わせて足を止める。

「終業時間は十一時ですね。それまでにはお帰ししますから、もうしばらくお付き合いください」

「え……あ、あの、でもっ」

「よろしいですね」

穏やかな口調ながらまったく有無を言わさせない倉橋の言葉に、真琴の中の警戒音がだんだん大きく響いてくるのがわかった。来るのではなかったという後悔が後から後から押し寄せてくるが、今の真琴になす術《すべ》はない。

結局、倉橋に促されるまま、真琴はなぜかソファに座っている男の隣に腰を下ろさせられた。

空気が重く肩に圧《の》しかかる。

こうして間近にいると、際立って整った容貌に知的な雰囲気をまとう一見高級官僚にさえ見える男だが、肌を突き刺すような存在感は、どこかまともではない世界の人間だということを感じさせた。

真琴は正体のわからない不安で、まったく落ち着くことができない。

「サイズが合ってないな。どうした？」

その時、部屋に入って初めて、男が口を開いた。

しかし真琴は何を言われているのかわからなくて、戸惑った視線を倉橋に向ける。

「服です。あなたのではないですね」

「は、はい。もともと配達要員じゃないから、先輩のを……借りて……」

だんだんと声が小さくなる。一瞬にして男の周りの空気が冷たくなったような気がしたからだ。その空気を倉橋も感じたらしく、すぐに男に言った。

「脱がせますか？」

「ぬが……っ？」

「そうだな、他の男のものを着ているのは面白くない」

聞くが早いか、いきなり倉橋は真琴の着ているツナギのファスナーを下ろした。今の二人の会話はもちろん、突然の倉橋の行動に真琴は身体が硬直して抵抗もできない。

それでも、さすがに上半身を脱がされそうになると、焦ってその手を避けようともがいた。

「おとなしくなさい。綾辻」

そんな真琴の抵抗を簡単に封じ、倉橋はドアの前に立っていた綾辻を呼ぶ。

綾辻は苦笑を浮かべながら歩み寄ると、倉橋の腕を掴もうとする真琴の両手を拘束した。見かけからは想像できない力の強さに、真琴の頭の中は真っ白になる。

意識しないまま、真琴の目からは涙が零れ始めた。このまま自分が何をされるのか、想像できない恐怖が広がっていく。

「た……すけ……」

その時、ソファに座っていた男が立ち上がった。

「悪いが、今日は痛い思いをしてもらう。まず、身体で俺を覚えてもらうためにもな」

大きなソファに放り投げられた格好で、真琴は真上にいる三人の男たちを声もなく見上げる。何をされるかなんてまったくわからないが、それでも自分の知らない、何かとても怖いことが今から起きるのではないかという恐怖で、胸が潰《つぶ》れそうになっていた。

動けない真琴のツナギを事務的な手つきで倉橋が脱がすと、真琴はTシャツと短パン姿になる。情けないほど細い足がむき出しになってしまった。

「準備はどうされますか？」

「いらない」

男はベルトを外しながら短く言う。

「そのままでいい」

「……洗浄も、ですか？」

準備とか、洗浄とか。言葉の意味がまったくわからない。けれど男が否定するごとに倉橋の眉間《みけん》に皺《しわ》が増えていくのがわかり、真琴はますます不安を募らせた。

「綾辻」

「はぁい」

綾辻を呼んだ男が、再び倉橋に視線を向ける。何も言わないのにその意をくみとったのか、倉橋は垣間見せた感情を振り払うかのように一度目を閉じた後、綾辻に合図をして、ソファの肘《ひじ》かけに真琴をうつ伏せにさせて押さえつけた。みっともなく尻《しり》を突き出す格好になったが、真琴は小さく身じろぎすることしかできない。

「は、放してくださいっ」

それまで、どこか怖いと感じていた倉橋や綾辻に対して、それでもここまでの危機感は抱いていなかった。だが、この一人の男がいるだけで、二人の雰囲気はがらりと変わってしまう。

今のうちに逃げ出さなければ大変なことになりそうで真琴は必死に身体を捻《ひね》ったが、上から押さえつける綾辻の腕はビクともしなかった。

「女を抱いたことはあるか？」

そんな中、平然と男が聞いてくる。こんな時に、そんなプライベートな話をするなんて信じられない。

しかし、唯一できる真琴の無言の抵抗も、男に顎を取られて上向かされた瞬間、鋭い眼差しに射抜かれてたちまち崩れてしまう。

「答えろ」

「せ、せき……責任を、とれ……るよう、に、なるま……で、するな……て」

「誰が言った？」

「に……ちゃ……」

「お前は……本当に面白い」

目線を合わせたまま、男は少し身を屈《かが》めて顔を近づけてきた。

（う……そ）

唇に当たったのは、男のそれだ。思ったよりも柔らかく、それでいて冷たい唇が掠《かす》めるように合わさった後に、すぐに離れた。

呆然《ぼうぜん》と男を見上げる真琴の目の前でファスナーを下ろし、ペニスを取り出す。既に支える必要もなく勃《た》ち上がっているペニスは男の体格に似合うほど大きく、先走りで濡《ぬ》れている。記憶の中に残っているそれよりも、なんだか大きい気がした。

「動くな」

ここには真琴以外にも、倉橋と綾辻がいる。そんな中でも下肢を晒《さら》すのをなんとも思っていないのか、男は声の抑揚を変えることなく真琴の背後に回り、いきなり穿《は》いていた短パンを白いボクサーパンツごと一気に下げた。

「！」

悲鳴を上げたつもりなのに、声が出ない。痩せた下半身が後ろから男に丸見えになってしまったはずだ。他人に尻を見せるなんてとパニックになったが、手足を動かそうにもしっかりと押さえつけられているせいで、わずかに身じろぐことしかできない。

「ひゃあっ！」

不意に、尻を左右に大きく割り開かれた。普段絶対に人目に触れることのないそこが外気に晒され、震える真琴の呼吸に合わせるかのようにヒクついているのがわかる。

「綺麗なものだな」

男が呟いたが、真琴はどこを見られているのか一瞬わからなかった。

「男の尻など初めて見たが、女とそう変わらないな。むしろ……」

『そそられる』と耳元で囁《ささや》かれ、真琴はやっとどこを見られているのか悟って、一瞬で身体を硬直させた。

今度こそがむしゃらに身体の向きを変えようと暴れたが、両手は綾辻に、片足は倉橋に、そして下肢は背後から尻を割り開く形で男に押さえられている。

「やめて……やめてくださ……っ」

唯一自由になる声も、喉に張りついたように掠れてしまった。

三人がかりで押さえ込まれ、下肢を暴かれて、今から自分はどうなってしまうのか。見開いた目からはボロボロと涙が零れ、それは目の前の綾辻には見えているはずなのに、拘束が緩むことはまったくない。

それどころか、腰を掴む大きな手にもっと力が込められ、真琴は痛さに呻《うめ》いて何度も許してと懇願した。だが、真琴の懸命な訴えは届かなかったようで拘束は解かれず、さらには生温かく濡れた感触が、尻の奥、蕾《つぼみ》に押し当てられる。その正体がなんなのかまったくわからない真琴だが、さらにぐっとその何かをめり込まされてしまった。意識的に緩めることなどできないそこが、無情にもメリメリと軋《きし》むように押し広げられていく。

「ひ……あ……ぁっ、……はぁ……ぁっ」

焼けるような痛みに、真琴の涙は止まらなくなった。

「力を抜け」

そんなことを言われても、身体の中に異物が押し込められてくるのを拒絶するのは本能だ。真琴はやめてくれるよう必死に訴えようと振り向き、そこでようやく自分が今、何をされているのかがわかった。

（う……そ、だ……）

標準よりはるかに大きい男のペニスが、自分の尻の蕾に突きたてられていた。もう、身体が半分に切り割かれそうなほどの痛みを感じているのに、どうやら先端の、嵩《かさ》が張った部分さえもまだ入り込んでいない。もちろん、いきなり猛《たけ》ったものを突き入れようとされても苦痛しか感じず、受け入れられるはずもない。

だが、男は鋭利な眼差しの中に確かな欲情の熱を湛《たた》えたまま、息も荒げずにさらに真琴を押さえ込んで腰を進めてきた。

「……真琴」

「ひっ……っ！」

名前を呼ばれたかと思うと、ミシッと身体が裂ける感触がわかった。


どこからかヒューヒューと壊れたような笛の音が聞こえてきた。

ふわふわと揺れる感覚と、時折ズキンズキンとした熱さを感じる。

（お……れ……が……ゆれて……る？）

再び意識が遠くなろうとした時、

「あぅ！」

ずんっと下肢に激しい衝撃を感じて、真琴は反射的に目を見開いた。

「気がついたか」

声はすぐ側から聞こえた。

ヒューヒューという音は、真琴の口から漏れる悲鳴のような呼吸の音だったらしい。真琴は詰まりながらも唾液《だえき》を飲み込んで喉を濡らす。

涙でかすむ視界には、無表情の男たちの姿が見えた。

「な……にが……あっ！　あぅっ、い、痛！　痛い！　痛いよぅ！」

身体に響く衝撃に、朦朧《もうろう》としていた真琴の意識は完全に覚醒《かくせい》してしまった。

あのまま意識を失った方がどれだけよかったかと思うぐらいのショックな現実を、真琴は自分の身体で思い知らされていた。

身体の中心のありえない場所に、今まで経験したことのない痛みを感じている。火傷《やけど》しそうに熱い凶器が蕾を突き破り、真琴の内臓を上に押し上げているのだ。

「はっ、はっ、あう、あっ、ひい……！」

完全に裂けてしまったであろうそこを、なんの躊躇《ちゅうちょ》も容赦もなく擦り上げているもの。ドクドクと波打つその凶器を想像するだけで目眩《めまい》がしそうで、このまま身体の奥深いところまで侵食されてしまうのではないかという恐怖でいっぱいだ。

凶器は内壁をザラッと擦りながら最奥まで侵し、次の瞬間また擦るようにして入り口まで引いていく。しかし、真琴の身体の中からは出て行こうとはせず、まるで意思のない人形のように、その凶器の思うがまま真琴は身体を揺さぶられた。

（痛い、痛いよ、やめて、痛い……）

慣らされもせず、濡らしてももらえなかったこの行為は、多分犯す男にとっても苦痛を伴うもののはずだ。それなのに、男は力ずくで真琴の身体の隅々まで侵略していく。

「っふぁっ、あっ！　あっ！」

止まらない涙と、鼻水と、閉じることのできない口の端から垂れる唾液で、真琴の顔はグチャグチャだ。

（う……え……？）

不意に、頬に何かが触れた。

真琴の目じりのホクロを確かめるように触れたのが誰かの指先だとわかり、真琴は軋む身体を少しだけよじり、大きな窓に映る人影を見た。

ブラインドを下ろしていない窓には、二人の人物が映っている。ソファにうつ伏せになっている小柄な影と、その影の後ろに立つ大きな影。

「！」

二つの影は一点で繋《つな》がっていた。それはまるで――。

「や……だ……やだぁ……やめ、て……よぉ……」

それはまるでセックスだ。男と女の、当たり前のセックスしか常識にない真琴にとって、

まるで女のように男のペニスを受け入れている自分が信じられなかった。

驚きと恐怖で、真琴は身体の中にあるものを強く締めつける。痛みを通り越して痺《しび》れる内壁は無意識のうちにペニスを刺激していたのか、男はさらに腰の動きを速めた。

「はっ、はぁっ、や、だっ、やだぁっ」

泣きながら、それでも真琴は窓に映る自分の姿から目を離せない。揺れる視線の先に、男のペニスに侵される自分がいる。

（どうして……？）

その窓越しに、男と目が合った気がした。すると、なぜか男は眉間に皺を寄せ、次の瞬間、今までで一番身体の奥深くにペニスが入り込んだかと思うと、

「ひゃぁ……！」

熱い飛沫《ひまつ》が身体の奥で広がるのがわかる。

それが男の精液だと、真琴は絶望と共に感じていた。


海藤はゆっくりと真琴の中から自分のペニスを引き出した。

ペニスは真琴の流した血と、自分の吐き出した精液で汚れている。

海藤は眉《まゆ》を顰《ひそ》め、勝手に綾辻のポケットチーフを取ると、無造作にペニスを拭《ぬぐ》ってファスナーを上げた。ペニスはまだ半ば勃ち上がったままだったが、これ以上初めての真琴に行為を強《し》いることはできなかった。

こんなふうに、相手を気遣うなんて思ってもみなかったことだ。

今まで遊びで抱いてきた女たちには、行為の前に必ずシャワーを浴びさせていた。潔癖というわけではないが、甘い香水の匂いやべたつく汗が不快だったからだ。

けれど真琴にはそんな思いは浮かばなかった。むしろ、汗の匂いも誘う要因になった。

女とも男とも経験がない真琴にとって、海藤との初めてのセックスはかなりの衝撃だったはずだ。男同士のセックスでは、常識であろうという慣らすことも、海藤は事も無げに否定した。前戯をまったく何も施さないままの行為は、真琴に海藤という男の存在を知らしめるためのものだ。これで真琴は嫌というほど海藤を意識するだろう。

「……」

海藤は手を伸ばし、汗ばんで乱れた真琴の髪をかき上げてやる。すると、その目元にあるホクロが涙で濡れているのが見えた。

可哀想だなと、海藤は涙を流し続ける真琴を見下ろしながら柄にもなく思う。だが、今の行為に後悔はない。

それほど背は高くなく、身体は少し痩せ過ぎで、一見して目を引く容姿をしていないと思っていた。しかし、よく見れば少し長めの黒髪はサラサラで、切れ長の一重の目は猫のようだし、目じりのホクロは妙に色っぽく、どこか誘っているようにさえ見える。

初対面で予期しない反応を返され、気がつくと、海藤は真琴のことを考えるようになっていた。

人間というものに興味がなかった自分の視界の中に、すんなりと飛び込んできた存在。

このまま行動に出なければ、自分たちの道は絶対に交わることはない。この先、永遠に真琴と会わないかもしれないと思った時に、決めた。

絶対に手に入れると。

ヤクザという立場上、嫌われることや恐れられるのは慣れているし、真琴がどう思おうと構わなかった。ただ側にいて、様々に変化する表情を間近で見れば、無機質な毎日に少しは色がつくようになるかもしれない。

最初は、ここまでする気はなかった。海藤から見れば真琴はまだ子供に見えたからだ。

それが、身体に合わないダブダブのツナギ姿を見た時、ふと自分以外の男の存在が真琴の後ろに見えたのだ。

近い未来、誰かが真琴を手に入れるかもしれない可能性に思いいたった時、海藤は真琴を汚すことにした。

それでも、身体も心もまだ幼い真琴に、必要以上の苦痛を与えようと思うほど海藤はサディストではなく、欲情をコントロールできるという自負もあって、真琴の身体の中に精液を吐き出すつもりはなかった。

だからこそ、初めて抱く男の身体の、女とはまったく違う熱さと狭さに我慢ができなかった自分が、信じられないと同時に新鮮でもあった。

「真琴」

嗚咽《おえつ》を漏らしながら身体を震わせている真琴は、だらんと足を開いたままだ。

わずかに綻《ほころ》んでいる蕾から海藤の吐き出した精液と血が混ざり合い、ピンク色の粘ついた液となって白い足を伝っている。

その姿は十分欲情を刺激したが、海藤はそんな自分の気を散らすために濡れた目元を指先で拭った。

「このまま休んでいろ」

「……や、です……」

店への対応もすべてこちらでやってやるつもりだったが、真琴は掠れた声で拒否する。

衝撃で呆《ほう》けていると思ったが、どうやら見かけ以上に精神はタフなのかもしれない。

「……帰ります」

「バイクには乗れないだろう」

「帰ります、帰してください……」

頑なにそう言い続けると、真琴はゆっくりと身体を起こした。

既に倉橋と綾辻は拘束を解いていたが、開きっぱなしだった両足はなかなか元に戻らないようで、何度も手で擦り、時折唇を噛みしめて腿《もも》を叩く。クシャクシャになったTシャツと、汚れた自分の下半身には視線を向けようとはせず、ずり上がるようにしてソファの下に落ちているツナギを取ろうと手を伸ばしたが、

「！」

声にならない悲鳴を上げ、真琴はその場に蹲った。動きによって痛みが襲ったらしいが、その姿勢も苦痛を増すものらしく、真琴はポロポロと涙を零し続ける。

「身体が動かないだろう。どうしても帰りたかったら車で送ってやろう」

とっさに支えてやったが、手の中の身体は強張っていた。

「……いいです、自分で帰ります」

「真琴」

「帰れます」

頑として首を縦に振らない真琴に、さすがの海藤も根負けしてしまった。どちらにしても、今日はこのまま帰してやるつもりだった。この痛みを忘れかけた頃に再び姿を現し、もう逃げられないと真琴自身に悟らせるつもりだ。

「……わかった。綾辻、後始末をしてやれ」

「はい」

「い、いいです！」

真琴は慌てて否定したが、海藤は淡々と告げる。

「そのまま帰ってもいいが、間違いなく血がつくぞ。周りの者はなんと思う？」

「……ち……」

「まさか、男にレイプされたと正直に言うつもりか？」

「そんな……」

「綾辻は店の女の世話で慣れている。医者に見せているつもりになればいい」

まるで女のような扱いに、真琴の嗚咽は激しくなる。どうやら強硬に帰るという気力は萎《な》えてしまったらしい。

海藤はゆっくりと真琴の側まで歩み寄り、俯くその頬に指先を触れた。

「俺の名前は海藤貴士だ。忘れないようにな」

「かい……ど、う、さん……」

「そうだ」

「どうして、こ、こんな、こんなこと……」

「欲しいと思ったからだ。他に理由はない」

海藤にしてみれば、それだけでも立派な理由だ。

「そんなことで、こんな酷い……」

「諦《あきら》めるんだな、真琴。お前はもう俺のものだ。他の誰も見ることは許さない」

たまたま配達に来ただけの青年を、どんなことをしても手に入れようと考えた。それは海藤自身初めて感じる、強い独占欲だった。


「マコ、お前強制送還だ。明日まで休みやるから、ゆっくり身体を休めろ」

バイト先のチーフにそう言われ、真琴はまだ陽があるうちにアパートに帰った。重い足取りでアパートにたどり着き、鍵《かぎ》を閉めて一人の空間になるとやっとホッとする。

「……まいったなあ、まだ痛い……」

(もう、だいぶ時間は経ったのに……)

悪夢の夜から五日、真琴は未だにショックを引きずったままだ。

あの夜、海藤に言いつけられた綾辻の手を、真琴はとうとう最後まで拒み続けた。あんな目に遭った直後に、他人の手を身体に感じるのが怖くてしかたなかったのだ。

かろうじて身体を拭ってもらいはしたが、下肢に触れられるのは断固として拒否した。

海藤が身体の中で吐き出したものが原因なのか、あれから二、三日は腹を壊して幾度もトイレにこもることになったが、傷のせいで用を足すのも辛《つら》くて涙を流す日々だった。食事もほとんど喉を通らず、多分何キロか痩せてしまったと思う。

「薬、塗らなきゃ……」

頑としてバイクで帰るの一点張りだった真琴に、女性用の生理用品を差し出したのは倉橋だ。念の為に用意したものだというそれの使い方を聞いた時、真琴は恥ずかしさで死にたくなった。本来なら男の自分が使用するものではないそれを、手にするだけでも嫌だった。

しかし、倉橋は事務的に、つけなければ腹の中に出された海藤の精液が零れ落ちるだろうということと、出血がしばらく続くであろうことを説明した。恥ずかしさと困惑はあったが、真琴には他の選択肢はなかった。

就業時間をはるかに過ぎて、真っ青な顔色のままバイクを押しながら帰ってきた真琴に、心配して店に残ってくれていた者たちは驚いた。バイクでこけてしまったという真琴の言葉を聞くと、無理に配達させたからと謝り、心配もしてくれた。

病院に行くことを勧められたが大丈夫だとなんとか断り、二日の休みを貰ってアパートにたどり着いた時、ベッドにうつ伏せになったまま真琴は泣いた。泣き喚きたいのに、傷が身体に響いてそれも叶《かな》わず、疲れきった身体が強制的に眠りに落ちるまで、ただ涙を流し続けた。

「……ん……っ」

恐る恐る、指先を尻の奥に触れさせ、冷たい薬に身を震わせる。

帰り際、無理やり倉橋に持たされた薬は、今思えば病院や薬局に行くことのできるはずがない真琴にはかなり役立った。

ベッドの上で、冷たい薬の感触に耐えて塗る。そこがどんなふうになっているのか怖くて未だ見ることはないが、幾分痛みも和らいだ気がした。

結局、昨日まで学校もバイトも休み、今日やっと出勤したものの、あまりの顔色の悪さに早退させられてしまった。心配されて申し訳ないと思う反面、その優しさが嬉しかった。

「古河《こが》先輩に電話しようかな」

一人暮らしになってからの癖で思わず声に出して独り言を呟いた時、来客を告げるブザーが鳴った。

「あ」

心配していた古河が、配達の途中で様子を見に来てくれたのかもしれない。真琴は嬉しくて駆け寄りたいのを我慢し、ゆっくりと重い身体を引きずりながら玄関まで行くと、相手を確かめずにドアを開いた。

「あ……」

緩んでいた頬が強張る。

「元気そう、じゃ、ないわね」

　立っていたのは綾辻だった。

　ハッとしてドアを閉めようとするがそれは俊敏な動きにはならず、綾辻は身軽に部屋の中に入ってくる。

「なんだ、綺麗にしてるじゃない」

「か、帰ってください……っ」

　あの夜を連想させる人物だというだけで、真琴の身体は恐怖に震えてしまう。自分のテリトリーの中まで侵されたようで、早く見えない場所に行って欲しかった。

　しかし、綾辻は苦笑を浮かべたまま、部屋から出て行こうとはしない。自分が歓迎されていないだろうと雰囲気でわかるはずなのに、綺麗な笑顔を浮かべ手にした紙袋を掲げて言った。

「お寿司、持ってきたわ。大丈夫、刺激のないようにワサビ抜きにしてもらってるから」

　何を平然と言っているのだろう。

「か、帰ってください」

「傷の方も見せて。ちゃんと薬塗ってる？」

　まるで、風邪《かぜ》の様子でも聞くような気軽な雰囲気に一瞬呑《の》まれそうになるものの、真琴はすぐに我に返って、綾辻から距離を取りながら拒絶する。

「帰ってくださいっ」

　悲鳴のような声に少しだけ眉を上げながらも、綾辻はまったく気にした様子もなく言葉を続けた。

「このまま私が帰れば、今度は会長本人が来ることになるけど？　それでもいいの？」

「あ、あの人が……？」

　途端に真琴は口を噤んだ。今この状態で再び海藤に会うなど自殺行為だ。今でさえ名前を聞いただけで身体が強張っている。だいぶ楽になったはずの痛みまでぶり返して、下肢がズキズキと熱くなってきた。

「さてと、まずは傷の方からね」

　もう真琴は抵抗しないだろうと確信したのか、綾辻はにっこり華やかに笑いかけてきた。見かけとは違い綾辻はマメな性格らしく、それから彼は止める真琴を無視してベッドのシーツを取り替え、食事の用意をしてくれた。傷の様子を見るというのは冗談らしく、真琴の側には不用意に近づいてはこない。

　気を遣ってくれる綾辻に罵倒《ばとう》する言葉も見つからず、真琴は部屋の隅で彼がすることをただ見ていることしかできなかった。

「はい、ここのお寿司はネタが新鮮で美味しいの。マコちゃんもきっと気に入るはずよ」

　手土産《てみやげ》の寿司は確かに美味しそうだが、ずいぶん高そうだ。今まで自分が食べてきたものとは見かけからして違う。

「ほら、食べて」

狭いアパートでは距離を取ることもできず、小さなテーブル越しに向かい合った真琴は、綾辻から目を逸らしながら小さく呟いた。

「……ありがとうございます」

本来なら、あの凶行に手を貸した者として忌み嫌う相手のはずなのに、真琴は綾辻にその感情をぶつけられない。確かに、あんな場面を見られ、なおかつ逃げられないように押さえつけられたが、それでもこうして真琴の身体を気遣ってくれる気持ちは見せかけではないと感じるからだ。

多分、綾辻よりも上の立場の海藤に、彼は逆らうことができなかったのだろう。

真琴が好意的ではなくても礼を言い向き合ったことに、綾辻もにっこりと嬉しそうに笑ってくれる。綺麗な人の綺麗な笑顔は眩《まぶ》しくて、真琴は張り詰めた息を吐いた。

テレビの音もしない静まり返った空気の中、箸《はし》を握り締めてしばらく寿司を見ていた真琴は、やがて思いきったように顔を上げた。

「あ、あの……聞いてもいいですか？」

「何？」

綾辻は促すように聞き返してくる。その様子に、真琴はおずおずと尋ねてみた。

「あの人……海藤さんって、どういう人なんですか？」

あれほどのことをされたのに、真琴は自分が海藤について何も知らないことに今さらながら気づいた。会ってまだ二度目の、それも男相手に乱暴する海藤がどんな男か。知らなくてもいいことなのに、海藤の側にいる綾辻を目の前にして、真琴は知りたくなってしまったのだ。

真琴の問いに、綾辻はすぐには答えなかった。それは意地悪でそうしているのではなく、単に何から話そうか考えているようだ。

そんな様子を見ると、真琴にとっては突然思いついた欲求だと思ったが、綾辻の方はそう言い出すことをまるで予期していたかのようにさえ見えた。

「会長のことを聞かれるかどうか、半々の確率だったけど」

やがて、綾辻は唐突に切り出す。

「会長が倉橋じゃなく私を寄越したのは、話してもいいっていうことだと思うわ」

綾辻は今までの口調を一変させた。

「海藤貴士。あの人は関東最大の暴力団『大東組』傘下、『開成会』の三代目会長だ」

女言葉の時とは違う言葉遣いに、妙な現実味を感じる。

「暴力団の……会長……？」

綾辻の言葉を繰り返したが、真琴はなかなかピンとこなかった。

「そう。でも、どちらかというと、ヤクザっていう言葉の方が気に入ってる」

「やく……ヤク、ザ……！」

その瞬間、頭の中にようやく言葉が届いたかのように真琴は叫んでしまい、思わず箸を落としてしまった。

今まで自分の身近にはまったくいなかった存在……その言葉だけで恐怖の対象になる存在。海藤がそうだと聞いて、驚きはしたものの、心のどこかで不思議と納得もできた。あの圧倒的な威圧感と震えを感じるほどの怖さは、あの男がそういった世界で生きているからだ。

「海藤貴士という名前は、裏の世界ではもちろん、表の世界や警察内部にだって特別な意味を持っているんだ。薬はやらず、表立つ恐喝やたかりもしない。合法的にかなりの金を生み出しているから、警察も手の出しようがない。政済界にも太いパイプを持っているし、捕まることは絶対にないだろうな」

それは、真琴にはどこにも逃げ道はないということなのだろうか。

しかし、次に湧き起こったのは純粋な疑問だった。

「ど、どうして、そんな人が俺を？　全然、なんの……」

自分と海藤にはまったく共通点がない。それどころか、彼の利益になるような能力はもちろん、金持ちの息子というわけでもなかった。本当に、ただ普通の大学生の自分の何が、海藤にあんな行動をさせたのだろうか。

「確かに、君は会長にとってなんのメリットもない。俺たちの世界のことは知らないだろうが、会長はあの若さでかなりの実力者、その上あれほどの容姿だ。女も、仮に男でも、選び放題だし、実際今までそうだった」

そこまで言って、綾辻はじっと真琴を見つめてくる。

「俺も初めて見た……会長が暴力で誰かを抱くところを」

「そ、そんなこと……」

「あんなに余裕がないなんて、あの人も人間だって思ったよ」

言外に特別な存在なんだと言われているようなものだが、さすがに今の状況で嬉しいという感情は抱けない。海藤が自分にどういう感情を持ったのかはわからないが、それでもあんなことをされて特別だなんて言われても、戸惑いの方が大きかった。

どちらにしても、あんなことは一度だけでも十分だ。訴えるなんてことは怖くてできないし、海藤自身、あんなに泣くだけしかできなかった真琴のことなどつまらなかっただろうから、少しの興味などとっくになくなったはずだ。

だが、そんなことを考えている真琴に、綾辻は釘《くぎ》をさすように言葉を続けた。

「君がどうしたいのかは聞いてあげられない。会長が欲しいと決めたんだ」

「そ、そんなのっ」

泣きそうに顔を歪《ゆが》める真琴に、綾辻は宣告する。

「あの人から逃げることはできないよ」

身体全体が凍るほど冷たくなった。どうして自分が……そう訴えようにも、目の前にいるのは海藤側の人間だ。

暴力団が相手では、家族にも、友達にも、助けを求めることなどできない。逃げたって、どこまで追いかけてこられるか。

「どうして……どう……して……」

いつまでも呟き続ける真琴を綾辻はただ黙って見つめた後、宥《なだ》めるように頭を撫でてから立ち上がった。

綾辻が帰り、ずいぶん長い間そのまま座り込んでいた真琴は、いつの間にかベッドに寄りかかる格好で眠っていた。気づくと既に夜は明け、綾辻が持ってきてくれた上等な寿司も小さなテーブルの上で乾いてしまい、色も変わってきている。

それが、昨日の話が夢ではないのだと教えてくれた。

「……」

昨日からずっと、いろいろと考えていたはずだったが、今こうしていると結局なんの考えも浮かんでいなかったことを思い知らされた。無理な体勢だったのか、身体はあちこちが痛みを訴えていたが、真琴は思いきって立ち上がると風呂《ふろ》場に向かった。

熱いシャワーを頭から浴び、軋む身体を誤魔化しながら服を着る。その間ずっと頭の中を駆け巡っていたのは、『家族の顔が見たい』という思いだ。

とにかく、一度実家に帰って考えようと思った。相手はヤクザで、男同士の関係の話など。家族が一緒なら真琴一人での訴えは信じてもらえなくても、警察に行くこともできるかもしれない。

万に一つの可能性に縋って、少しの荷物を手に、真琴は逃げるように部屋のドアを開けた。

「ひ……っ」

まだ、時間は午前六時前だった。曇りのせいか薄暗い空の中、まるで死神のような黒いスーツの男たちが部屋の前に佇《たたず》んでいるのを見た時、真琴は本当に息が止まるかと思った。

「おはようございます」

その中の一人、黒ずくめの男を三人従えた倉橋が、古びたアパートに到底似つかわしくない上等なスーツ姿で、まるで真琴の進路を塞《ふさ》ぐように立っている。

「く……倉橋さん……」

「綾辻から、あなたが思いつめていた様子だと聞きました。もしかしたらどちらかに行かれるのかと」

「ど、どちらかって……」

「ご実家のお父様は、そろそろ散歩をなさる時間ですね。お兄様方も八百屋さんとパン屋さんですか、朝早いご職業で」

無表情でつらつらと告げる倉橋の様子以上に、今言われたことが頭の中をグルグルと回った。

「か、家族のこと、調べたんですか？」

「何かするというわけではありません。ああ、弟さんは今日遠足だそうですよ」

愕然《がくぜん》とした。真琴は昨夜やっと、あの男の名前と立場を知ったばかりだというのに、向こうはもう真琴の家族の情報を摑んでいるのだ。何もしないなどといっても、いつでも何かできるのだと言われているようで、真琴はすっと血の気が下がり、一歩後ずさってしまった。

力の入らない真琴の手から滑り落ちた荷物を取り、倉橋は静かに続けた。

「今日から、お住まいを変えていただきます。学校はもちろん通っていただいて結構ですが、バイトの方は辞めていただきます」

だが、そう言われて真琴は思わず叫んでいた。

「あ、あのバイトは続けますっ。自分で見つけて、今まで頑張ってきたんです！」

「しかし」

「勝手に俺のこと、決めないでください!!」

「……それならば、あなたの要望は直接会長に言ってください」

あくまでも海藤の意思が最優先だという倉橋の、それが最大の譲歩らしい。

「これからあなたの住む場所に向かいます。会長もいらっしゃるはずですから、希望があれば直接お話しください」

行かないという選択はないのだと、真琴は諦めて頷いた。もしも自分が逃げれば、家族に何かされるのかと思うと、逃げることは絶対にできない。

しかし、そこまで追い詰められ、真琴は反対に抵抗しようとする気持ちが生まれた。どうせ逃げられないのならば、最大限自分に有利な条件にしなければならない。

多分、感覚が麻痺《まひ》しているのだと思う。普段の真琴ならありえない思考に、それでも少しだけ落ち着くことができた。

「こちらです」

アパートの前に停まっていた車はさすがにベンツではなかったが、内装だけ見てもずいぶん高いのだろうと思う。

昨日のビルといい、着ている服といい、車といい、彼らは金に不自由はしていないようだ。それも悪いことをして作った金かと思えば、なんだか嫌な気持ちがした。

真琴の内心の葛藤《かっとう》に気づいているのかどうか、倉橋は車内では無言だった。

アパートから三十分ほど走ったところで車は停まった。

まだ上京してからそれほど経っていない真琴には、ここがどういう場所かはまったくわからない。だが、見上げるほどのマンションや、その周りの大きな家々を見て、高級住宅地なのだと漠然と思った。

「……ここが、海藤さんの家なんですか？」

テレビで見たヤクザ映画では、組長の自宅は大きな日本家屋だったような気がする。それが、この綺麗なマンションに住んでいると言われてもピンとこない。

「ご自宅とは言えませんが、所有している物件の一つです」

「そ、そんなにいっぱい家があるんですか？」

ここに住んでいるだけでもすごいことなのに、他にも所有する家があると言われて絶句した。すると、素直に反応する真琴を見て倉橋が少しだけ目元を和らげる。

「ここが一番条件がいいんです」

「あの、じゃあ、海藤さんの家族が住んだ方が……」

「会長は独身です」

「え？　モテそうなのに？」

思わずそう言うと、倉橋がふっと笑みを漏らした。そうすると、硬質な美貌が一瞬で和らいで、素直に綺麗な人だと思えた。綾辻も華やかな人だが、倉橋はなんと言うか……和を感じさせる清廉さがあった。

「そう言って差し上げたら喜びますよ」

「い、言えませんっ」

きっと海藤の前に立てば、言いたいことの半分……いや、十分の一も言えないかもしれない。それほどの威圧感が海藤にはあるのだ。


「バイトは続けさせてくださいっ」

会うなり深々と頭を下げられ、海藤は少し面食らったように目を瞠《みは》った。

まさか、レイプの後に再会した第一声がそんなことだとは思ってもいなかった。

怯えられるか、泣かれるか、嫌悪されるか。どちらにしても自分にとってマイナスのことしか考えていなかった海藤は、予想外の真琴の態度に次の言葉が出ない。

「あのバイトは、俺が自分で探して、やっと慣れて、俺にとっては大事な場所なんです。お願いしますっ、俺からあの場所を取らないでください」

合格が決まり、高校が自由登校になった時、何度も上京して探したバイトのようだ。

高校を卒業するまでは週四日毎日実家から通い、三月下旬に上京してからはほとんど毎日のように通っていると報告を受けている。

慣れない土地での大切な場所を、真琴はどうしても手放すことができないのだろう。海藤は黙って聞いていたが、内心は面白くなかった。真琴の信頼をそれほど勝ち得ている仕事場の仲間たちを邪魔に思い、いっそ店を潰してやろうかとさえ思う。

綾辻の報告を聞いて、逃がさないつもりで倉橋を迎えに行かせた。

所有しているマンションの中で一番いい物件を選んで、早朝のこんな時間に海藤自らが出迎えたのだ。

しかし一方で、海藤の想定外の言動を取る真琴が面白くて、もっと側で見ていたい気持ちが強くもなる。真琴を側に置くには多少の譲歩も必要かと、海藤は冷たく整った顔にわずかな笑みを浮かべた。

「そのおねだりを聞いてやった、俺への見返りはなんだ？」

「見、見返り？」

「まさか、ただで希望を聞いてもらおうとしているのか？」

じっと見ていると、真琴が戸惑っているのがわかる。

無理やり連れてきて、その上バイトを辞めさせるというこちら側の勝手な言い分に、真琴が言っているのは正当な権利だ。だが、真琴よりも場数を踏んでいるだけ丸め込むことができ、海藤は立場を逆転させてさも真琴の方が無理難題を言っているという空気にさせた。

長い間、裏の世界を生き抜き、今や経済界にまで進出している海藤の巧妙な手腕に、まだまだ世間知らずな真琴が敵《かな》うはずはなかった。

(俺の前に立っているだけ、雑魚とは違うがな)

どんな答えを出すのか、いつもなら無駄に思える沈黙も、海藤は楽しむことができる。

「あ、あの」

しばらくして、思いつめた表情の真琴が口を開いた。

「俺、お金なんて持ってなくて……」

「金？」

海藤ほどの地位にいる男が一般人の、それも学生に金を要求するように見えるのか。海藤は眉を顰める。

「俺が金を要求するように見えるのか？」

「そ、そんなことはないんですけど、で、でも、俺の渡せるものって言ったら、あ、真咲《まさき》兄のとこの野菜とか、あの、無農薬なんですけど、甘くて美味しくって、俺も送ってもらってて、後、真弓《まゆみ》兄の焼いたパン、食パンが美味しいんですよ、行列ができるほどでって……俺、何言ってんだろ……」

言葉を継げば継ぐほど混乱してきたのか、最初の勢いが瞬《またた》く間になくなってしまった。

「……ごめんなさい。俺は何も持っていません……」

素直な言葉が胸に響く。海藤はこんなにも素直な人間を初めて見た気がした。そんな本人の存在こそが他に替えのない価値のあるものだと、真琴は多分気がついていない。それがまた、なんだか微笑《ほほえ》ましかった。

「あるだろう、価値のあるものが」

「え？」

本気でわからない様子の真琴を見て、座っていたソファから立ち上がった海藤は、ビクッと一歩後ずさった真琴の頬に軽く指を触れた。

わざとあの夜を連想させる行動を取ると、見る間に真琴の頬が紅潮するのがわかった。同時に、怯えて視線が揺れるのも見える。

「あ、あの？」

真琴の心にも身体にも、あの行為は消せない事実として残っているのだろう。紅潮した顔は、見る間に青ざめたものに変わっていく。

可哀想とは思わなかった。これは海藤に望まれた真琴の、当然の運命なのだ。

「お前自身だ」

「え……？」

「お前が俺から逃げないと誓えば、お前の周りの者には手を出さないと約束しよう」

「そんな……」

「……や、約束してくれますか？」

「わかったな」

ヤクザ相手に駆け引きをする度胸が良い。その勇気に免じて、海藤はそっと目じりのホクロに唇を寄せた。

反射的に逃げようとする真琴を腕の中に拘束し、耳元で囁くように告げる。

「口に出したことは履行する」

「か、勝手にそんなこと言われても……」

「こちらは譲歩したんだ。お前も歩み寄るべきだな」

これ以上は一歩も譲らない海藤の意思が伝わったのか、真琴が自分の腕の中で焦っているのを見て思わず笑ってしまった。

「え、え、そんな……っ」

呆然と呟く真琴の細い身体は、既に海藤の腕には心地好い。

せめて傷が治るまでは手を出さないつもりだが、海藤はそれを守れるかと珍しくはやる心を自覚していた。

真琴が不本意ながらも海藤と同居らしきものを始めて二週間が経った。

ヤクザだという海藤がどういう仕事をしているのか、真琴のイメージでは日本刀を振り回したり、拳銃を撃ったり、夜の街を威張って歩いていたり……ほとんどテレビや映画のイメージしかないので想像もつかないが、朝は八時半頃に出かけ、夜は用がなければ午後十時頃には終わるようで、真琴のバイトがある日は店の近くまで車で迎えに来てくれた。

初めは逃げないように見張るためかと思ってびくびくしていたが、車の中でも、マンションでも、頻繁に電話で指示を出している姿を見ていると、忙しい時間を割いて側にいるのがわかる。

こちらが頼んだわけでもないし、そんな中で自分に時間を費やしてくれることに礼を言うのもおかしいだろうが、真琴は次第に海藤といる時間に緊張することが少なくなった。

「お、おはようございます」

「ああ」

二週間のうち、帰ってこなかった日は二日。出張だからと、代わりにバイト先に迎えに来てくれた綾辻が教えてくれた。

他にも、海藤には今特定の女性はいないとか、夜の接待はもともと受けない主義だとか、なぜか異性関係のことばかり教えてくれる。

まるで、真琴に対して誠実なのだとアピールされている気分だ。

『今はマコちゃんだけしか見えてないのよ。純愛だと思わない？』

そうまで言われ、真琴はなんと答えていいかわからなかった。

「今日は一時限から授業だろう。早く顔を洗って食べろ」

「は、はい」

そして、次に驚いたのは、海藤がとても料理上手だということだった。

母親がいたため、真琴は一人暮らしを始めるまでまったく家事ができなかった。今も洗濯や掃除はなんとかこなすようになったものの、料理だけは苦手で、弁当や惣菜《そうざい》の世話になることが多かったくらいだ。

マンションでの初めての朝を迎えた時、食卓に並んでいた旅館の朝食のような料理を見て一瞬固まった真琴は、思わずキッチンに誰かいるのかと振り返ったくらいだった。

『これ……海藤さんが？』

頷く海藤に、真琴はかろうじて嘘と叫ばなかった自分を褒めたかった。

そんなわけで、意外にもと言うのは変かもしれないが、朝はオレンジジュースか牛乳しか飲まなかった真琴の食生活は、海藤のおかげで一八〇度変わった。

「あ、卵焼き、甘い」

母親の卵焼きは甘いと、昨日綾辻に話したばかりだ。

昨日までは出汁《だし》の利いた、料亭で出るような上品な味の卵焼きだったが、今日は子供が好むような甘さだ。

（これ、俺のために……）

「遅くなるぞ、早く食べろ」

「は、はい、いただきます」

きちんと両手を合わせて言うと、目の前に座っている海藤も頷いて同じように手を合わせ、二人での朝食が始まる。

些細《ささい》なことだが、誰かと一緒に暮らしているんだと実感する。

「おいし……この卵焼き、母さんのに負けてないです」

「……」

「お味噌《みそ》汁も赤出汁。嬉しい」

「黙って食べろ」

「は、はい」

箸を動かしながら、真琴はチラチラと海藤に視線を向けた。

（こうしてると、弁護士とか、やり手のエリートって感じなんだけど……）

軽く流してセットした髪に、フレームレスの眼鏡、身体にぴったりの上等なオーダーメイドのスーツ。一見してヤクザというよりも、弁護士や検事等の知的な職業についているように見える。しかしその眼差しはきつく鋭く、圧倒的なオーラはただ者に見えない。

その一方で、箸使いも食べ方も綺麗で、きっと良い育ちなんだろうなとも思った。

（ご飯食べさせてもらって、家賃も払わなくって、俺だけいい思いしてるかも……。いいのかな）

真琴自身、嫌でもまた同じような行為をされるのだろうと、覚悟と諦めを抱いていた。だが、同居開始から今日まで、海藤は真琴を抱いていない。

同じ夜を同じベッドで過ごしているが、あの夜の記憶が未だ鮮明な真琴は、事あるごとに海藤の気配にビクッと身体を硬直させてしまう。そんな時海藤はそっと真琴の頬に触れ、そのまま抱きしめて眠った。長い指先が触れるたび、不思議なことに真琴の恐怖心は少しだけ薄れていくような気がした。

非現実的な毎日を送っているというのに、少しずつ自分が慣れてきているのがわかる。初体験が男、しかもヤクザだということだけでも、もっとこの生活にストレスを感じていてもおかしくはないのに――。

過保護な兄たちのせいで、まだ未経験だった真琴だ。初めての相手が男だと知ったら、兄たちはどうするだろうか……相手が誰であっても容赦はしない性格なので、想像するだけで怖かった。

「真琴、時間」

「わ！」

ぼんやりと考え込んでいた真琴に、いつの間にかすぐ近くにいた海藤が声をかけた。

慌てた真琴が立ち上がり、食べた茶碗《ちゃわん》に手を伸ばそうとすると、海藤は軽く頭を小突く。

「片づけはいい。早く支度しろ」

「す、すみませんっ」

こんなふうに会話することにも慣れてきた。

いや、あまり認めたくはないが、海藤の手で頭を撫でられたりするのは少し、あくまでも少しだが、心地好いのだ。

(俺って、順応しすぎ……？)

自分の気持ちがよくわからない真琴は、自分を傷つけた手を拒まなくなったことに、まだ気づいていなかった。

そして、あっという間にひと月が経った。

カチッとオートロックの外れる音を聞いた真琴は、パジャマ姿のまま慌てて玄関まで出迎えに行く。今日は海藤に報告することがあったので、眠くてソファに蹲りそうになりながらもかろうじて起きていたのだ。

「お帰りなさいっ、実家に電話しましたっ」

深夜十二時近く、いつもより少し遅く帰ってきた海藤は、いきなりそう言って駆け寄った真琴を見下ろした。

「実家に？」

「私がお勧めしました」

海藤の後ろに控えていた倉橋に気づき、真琴はペコッと頭を下げた。

「電話してよかったです。荷物が二回も相手先不明で戻ってきたって心配してました。慌ただしかったから、引っ越した連絡しなかった俺も悪いんですけど」

未だに完全には納得していないものの、ここでの生活には慣れてきていた。ただ、自分のことに一生懸命で、家族の反応まで想像することを忘れていたのだ。

昼間、倉橋からそれとなく促されて慌てて連絡を取ったことを、海藤にちゃんと伝えなければと思った。

「私は会長のご意見を代弁しただけですから」

「海藤さんが？」

てっきり倉橋の考えだと思ったが、どうやら海藤が心配してくれていたらしい。思わず感謝の目で見つめてしまったが、海藤は家族の反応が気になるようだった。

「一応未成年者だしな。なんと言っていた？」

「どうして引っ越したかって言われた時、すごく困りましたけど……なんとか誤魔化しました」

「なんて言ったんだ？」

「え～と、バイト先のお客さんが俺を気に入ってくれて、お金持ちだから部屋も広くて、家賃もいらないから空いてる部屋にこいって言われたって」

自分では誤魔化したつもりだったが、改めて言葉にするとほとんど事実だとはいえ、誰が聞いても多分に怪しい理由だ。

海藤と倉橋もそう思ったらしい。

「……それは……」

「いかにも怪しい理由に聞こえますね」

「何も言われなかったのか？」

「兄ちゃ……兄たちなら煩《うるさ》かったかもしれないけど、電話に出たのが父さんだったから。いい人がいてよかったねって喜んでいました。浮いた家賃は貯金しとくんだよって言われましたよ」

父としては、真琴がちゃんと生活していて、連絡先もはっきりしているのなら安心らしい。深く追及されることもなかった。

「……お前は父親似だろう」

「え？　どうしてわかるんですか？　よく似てるって、みんなに言われます」

体育会系の兄たちと、利発な弟に挟まれた真琴は、自覚はしていないがずいぶんのんびりとしているらしい。それは、真琴の目から見てものほほんとしている父にそっくりだとよく言われていて、それが知り合って間もない、父のことを知らない海藤にもわかるのかと驚いてしまった。

どちらにせよ、家にちゃんと連絡を取ったことで一つ心配事が減った真琴は上機嫌だ。

そんな真琴を見ながら脱いだ上着を倉橋に手渡して海藤が言った。

「明後日から香港《ホンコン》に行くことになった」

「え？」

「二日程向こうにいる予定だ。綾辻は連れて行くし、倉橋は俺の代行を務めてもらうことになるから、明日からお前には別の人間をつけることにする」

「出張ですか……」

ほとんど毎日会っていた海藤がいない。強引にだがその存在を少し受け入れ始めた真琴にとって、慣れない広い部屋で一人きりになるのは心細かった。

しかし、そんな真琴の気持ちとは裏腹に、海藤はいきなり切り出してくる。

「明日の夜、抱くぞ」

「は？」

一瞬言葉の意味がわからなくて、真琴は思わず聞き返してしまった。

「今、あの……」

「明日、セックスすると言ったんだ」

「せ……せっくすって……！」

ようやく海藤の言葉を理解した真琴は、たちまち頰を紅潮させた。

「こ、こんなところで……く、倉橋さんだっているのにっ」

「私のことはお気遣いなく」

「……だ、そうだ」

「だっ、だって、急に、そんな……」

暮らし始めてから、海藤はセクシャルな空気を感じさせなかった。触れる手も腕も、あれほど凶暴な欲望をぶつけてきた相手なのかと思うほど優しくて、真琴はいつしかその長い指が触れるのを待っているようになったくらいだ。

（それがっ、急に、せっ、セックスとか……）

混乱してしまっている真琴を見つめ、海藤が腕を伸ばしてきて抱きしめられる。反射的に身体は強張るが、恐怖で硬直していた時期は既に過ぎてしまっていた。

「一緒に暮らし始めて、こんなに長く離れるのは初めてだろう。お前にとって俺がどういう存在か、きちんとわからせておかないとな」

「で、でも、そういうことって口に出すものじゃないでしょっ？」

「はっきり言わないと、お前はわからないだろうが。これでも俺は待った方だ。お前も覚悟を決める時間はあっただろう」

そうは言われても、前もってセックスをすると言われて、素直に受け入れるなんて普通はできないと思う。しかも、相手は自分と同じ男で、一度は力で身体を蹂躙《じゅうりん》した相手だ。

(覚悟なんて、全然できてないよっ)

このまま穏やかな生活が続くとはどこかで思っていなかったが、それでもこんなに急に事態が動くとは想像もしていなくて、真琴は追い詰められた気がした。


翌朝、明日の準備のためか海藤はいつもより早くマンションを出た。

昨夜から今日の夜のことが気になってしかたがなかった真琴はなかなか眠ることができず、起きたのも遅くて、朝目覚めて海藤がいなかったことに少しだけホッとしていた。

「前もって言うから気になっちゃうんだよ……。いっそのこと、いきなりの方が……って、そっちの方が問題だろ、俺っ」

思わず漏らす独り言に自分で突っ込みながら大学に行く準備をすませると、まるで見計らったようにインターホンが鳴った。

（そういえば、新しい人がつくって言ってたけど……）

送り迎えは必要ないと何度か言ったが、そのたびに却下されていた。真琴にはまったく自覚はないが、海藤と住んでいるということは対外的には大変なことらしい。特別な存在だと誤解されているようだが、自分はそんなものではないと真琴は思っている。

今のところ倉橋か綾辻がつき添ってきてくれたが、もともと幹部である彼らが大学生の送迎をするというのはかなりの特例のようで、いつも悪いなと恐縮はするものの、真琴には彼らのその地位の高さはわからないままだった。

「倉橋さんと綾辻さん以外って……他のヤクザさんって、どういう感じなんだろ……？」

倉橋も綾辻もおおよそヤクザらしくはないが、本物のヤクザというものがよくわからない真琴は、新しくついてくれるという人がどんな人か少し不安に思う。

それでも、自分に拒否する権利はないのだ。

「あ、来た」

再びインターホンが鳴り、真琴は慌てて玄関のドアを開けた。

「駄目じゃない、ちゃんと確かめてから開けないと」

「あ、綾辻さん？」

そこにはお洒落なスーツ姿の綾辻が、まるでモデルのように綺麗な笑顔で立っていた。

まさか彼が来てくれるとは思わず、真琴は目を丸くして見つめてしまう。

「たとえオートロックでも、もう一度相手を確かめてからドアを開けること。いいわね？」

「は、はい。でも、今日綾辻さんが来てくれたんですか？　海藤さんは新しい人をって言ってたんですけど」

「私は今日の夜から発《た》つのよ。しばらくマコちゃんに会えないからナイト役を買って出たわけ。あ、新しい子は車で待ってるわ」

「すみません、いつもいつも。学校の行き帰りとか、バイトとか、俺一人でも全然大丈夫なのに……」

「……まあ、こちらの都合もあるわけだから。遠慮なんて全っ然、必要なし！」

「はい」

過保護な姉のように言う綾辻に、真琴は素直に頷いた。

見た目とのギャップがあり過ぎる綾辻の言葉遣いも今は慣れた。いや、むしろ綾辻の存在自体が、特異な今の状況を忘れさせてくれている。

エレベーターで地下駐車場に向かっていると、綾辻が悪戯《いたずら》っぽく笑いながら真琴の顔を覗《のぞ》き込んできた。

「寝不足ね」

「え、まあ、ちょっと」

そんなに顔に出ているだろうかとペタペタと頬に触れていると、綾辻は我慢ができないというようにぷっと吹き出す。

「もしかして、会長に何か言われたでしょ？」

「なっ、なんで知ってるんですかっ？」

思わず叫んでしまった真琴の顔は真っ赤だ。見るだけで丸わかりな真琴の態度に綾辻は声を出して笑った。

「ひと月も禁欲してたんだもの。そろそろ手を出す頃かなって……あ、私が言ったって内緒よ？」

「だって、俺、まだ怖いし……」

あの場にいて、海藤に加担していた綾辻に言ってもしかたないのかもしれないが、真琴は今抱えている不安を誰かに訴えたくてたまらなかった。

「まあ、初めがあれじゃしかたないけど。ヤクザっていうのは気にならないの？」

「そう言われても、実際海藤さんが怖いことしてるの見たことないから、あんまり実感がないんです」

目に見えた暴力は、あの夜、自分に対して行われたことだけだ。絶対に忘れることはないと思っていたのに、身体の傷が癒えるのと比例するように、記憶は過去のものになっていった。

現実問題として、海藤は見た目には怖いほど整った顔に表情はほとんど出さないし、言葉数も少ない。それでも、真琴のことを気遣ってくれているのはよくわかるし、本来は優しい人なのかもしれないと思い始めている。

もちろんそれは、普通に考えれば短時間かもしれないが、とても濃縮された時間というのも確かだった。

（もう、海藤さんのこと、嫌いだけには思えなくなったし……）

上手く丸め込まれたのかもしれないが、今の真琴にとって海藤はもう憎む相手ではなくなってしまった。自分に対する優しさが本物だと、理屈ではなく本能が感じているのだ。

心を許すのと、身体を許すのと、まったく違うようでいて実はとても似ているのかもしれない。自分をレイプした相手と同じ家に住み、一緒に食事をとる。恐怖と嫌悪という思いがなくなった時点で、真琴の心は既に海藤を許し、受け入れ始めているのかもしれない。

ただし、何も知らない身体に与えられた衝撃は大きい。仮に心では海藤を受け入れようと思っても、身体は拒否をしてしまうかもしれない。真琴が今感じている怖さとはセックスという行為自体より、自分でも想像できない身体の反応だった。

「噛みついたり、引っ掻《か》いたりします、多分……」

小さな声で呟く真琴の頭を、綾辻はポンポンと軽く叩いた。

「大丈夫」

「……どうしてそんなこと言えるんですか？」

「男の子にはわからないかもしれないけどね、子猫がじゃれてくるのを怒る男はいないものよ」

「……子猫？」

謎《なぞ》の言い回しに、真琴は不思議そうに繰り返した。

地下駐車場に着くと、車の前に二人の男が立っている。自分たちの姿を見るなりきっちりと頭を下げた男たちは、まず年嵩の方から順に挨拶《あいさつ》をしてきた。

「今日からお世話をさせていただきます、筒井滋《つついしげる》です」

「海老原康哉《えびはらこうや》です、よろしく」

「に、西原真琴です。こちらこそよろしくお願いします」

見た目も話した感じも、対照的な二人だった。

筒井滋は四十位の、顎鬚《あごひげ》をたくわえた大きな男だ。いかにもボディーガードといった雰囲気の目つきの鋭い男は、深々と頭を下げた後はもう周りを警戒するように見ている。

もう一人、海老原康哉は一見まだ大学生といった若い男で、容姿も今風の若者そのままだ。両耳に三つずつつけているピアスに人の良さそうな笑顔を浮かべている海老原を見た真琴は、思わず綾辻に言った。

「海藤さんのとこって、本当にヤクザ屋さんなんですか？」

まるで職業を聞くような言い方に綾辻は笑った。

「どうして？」

「だって、海藤さんや倉橋さんや綾辻さん、それに海老原さんもだけど、みんなカッコいい人たちばかりで、なんだかモデル事務所なんじゃないかって……あ」

話の途中で筒井が自分の方を見ているのに気づき、真琴は慌てて言い訳をする。

「あのっ、筒井さんも渋いですよ。モデルとはちょっと違うかもしれないけど、独特の雰囲気持ってるし、大人の魅力っていうか、その……すみません」

言えば言うほど、なんだか嘘っぽくなっているようで真琴は口を噤んだ。人を見かけで判断するのは良くないと教えられたのに、これではモロに見た目だけで決めたと言っているようなものだ。

しかし、どうやら綾辻をはじめ、当の筒井も海老原も気を悪くした様子は見せなかった。

「いいのよ。まあ、顔で組員を選んでいるわけじゃないけど、今回エビを選んだのは、大学の中で一緒にいても目立たないでしょ？　こう見えても国立大出てるから馬鹿じゃないし、厳つい顔が側にいるより断然いいでしょ」

「そ、それはまあ……でも、大学までこなくても……」

というか、大学内やバイトは、誰の目も気にしないでいたい。

「だ〜め。会長の命令だから」

物わかりが良いふうに見えて、綾辻はあっさりと真琴の希望を却下する。

「でも……」

「本当に嫌だったら直接言うのね。今夜なんか、おねだりするのにちょうどいいんじゃない？」

意味深に笑われ、真琴は忘れかけていた海藤の言葉を思い出してしまった。

『抱くぞ』

（そ、そうだった、どうしよう～）

さすがに綾辻には相談できない。

深い溜め息をつく真琴を、綾辻は楽しそうに見つめていた。


腕時計に目を落とした海藤は、そろそろ真琴が部屋の中を歩き回っている頃だろうと、その姿を想像してわずかに口元を緩めた。良いも悪いもすべて言動に出てしまう真琴は本来ならわかりやすいのだろうが、その行動が海藤の想像の範疇《はんちゅう》外なので毎日が新鮮だった。

今朝も本当は遅くマンションを出てもよかったのだが、わざと真琴に会わないで出かけた。真琴にもっと今夜のことを意識させるためだ。

初めてのあの夜のセックスが、真琴にとってはかなり大きなトラウマになっていることはわかっていた。それは海藤自身があえてしたことだったが、今になって少しだけ後悔をしていた。

真琴が自分を怖がるのは想像できたが、自分が真琴に触れるのが怖くなるとは思っていなかったからだ。

誰かに触れるのが怖いなどと、海藤は想像さえしたことがなかった。女は誰もが海藤に触れられるのを望んでいたし、まして男など許容範囲外で側に近づくのさえ許さなかった。

何に対しても自分が主導者だった海藤が、初めて自分以外の気持ちが気になった相手が真琴だ。

自分の存在をその身体に植えつけるために酷く抱いたくせに、一緒に暮らすようになり、その心までも欲しいと強く望む自分に気づいた時、海藤は初めてその手を拒まれるのが怖くなった。これが、組織を束ねるヤクザの会長だと聞いて呆れる。

「明日、十時の飛行機だったな」

突然の問いに、倉橋はよどみなく答えた。

「はい。八時過ぎにはお迎えにあがります」

「一時間ずらせ」

「はい」

どうしても変更できない予定の香港行き。

わざわざ今夜抱かなくてもいいのだが、この香港行きをきっかけにしなければ動けなかった自分が滑稽だ。

「……」

海藤はもう一度時計に目を落とす。

誰かが待つ家というものを持ったことのない海藤にとって、真琴のいる家は既に自分にとっての家になっている。

早く帰りたいと思いながら、海藤はシートに背を預けて目を閉じた。


「お、おかえりなさい」

「……今風呂か？」

「え……と」

パジャマ姿に頭にタオル。そんな姿で玄関先まで迎えに来た真琴を見た瞬間、眼鏡の奥の海藤の目元が少し柔らかくなった気がして、真琴は思わず俯いてしまった。

バイトが休みだっただけに、真琴の困惑する時間は長かった。風呂に入ることさえ、もう二時間も迷っていたのだ。

（お風呂に入っていたらいかにも待ってたみたいだし、入っていなくていきなりなんて……もっと嫌だし……）

しかし、結局思いきり風呂上がりの姿で出迎えることになり、真琴はいたたまれない気分だ。

海藤はそんな真琴の頬にそっと手を触れると、そのまま奥に入っていく。

海藤が動いて、初めて真琴はその後ろに立っていた倉橋に気づいた。

「く、倉橋さん……お、お疲れ様でした」

「……いいえ」

少し間があったと思うのは気のせいか、倉橋は軽く頭を下げると言った。

「明日九時にお迎えにあがりますので」

「はい」

「では……私はこれで」

「おやすみなさい」

一瞬何か言いかけた倉橋は、結局何も言わないままマンションから立ち去った。

「真琴」

玄関の鍵を閉めた真琴がリビングに戻ると、スーツの上着をソファにかけ、ネクタイを外している海藤が言った。

「風呂はいつ入った？」

「えっと、十分くらい前に……」

「もう一度、俺に付き合え」

「え？」

「準備もできるし、ちょうどいい」

「い、一緒に入るってことですか？　むっ、無理です、できませんっ、お風呂せまっ、せま……くは、ないけど、でもっ」

大人がゆうに三人は入れる広いバスルーム。狭いからという言い訳は通用しないだろう。それでもいきなり一緒に風呂に入るのは絶対に無理だ。だが、海藤はそんな真琴の心境を酌んではくれない。

「十分、覚悟を決める時間はあっただろう。悪いが俺も……」

我慢できないと耳元で言われ、真琴は一瞬で真っ赤になった。

長い指先が、器用にパジャマのボタンを外していく。大人になって誰かに服を脱がせてもらうなど経験がなくて、真琴はどこに視線をやっていいのかわからなかった。

今夜、ここにいる時点で、真琴が海藤を受け入れるということは決まってしまっている。

今さら嫌だとか、怖いとか、そういうのは卑怯《ひきょう》な気がして、伸ばされた手を振り払おうと何度か腕を上げかけたが、それでも結局、真琴は動けずにじっとその指先を見つめることしかできない。

「下着も脱がそうか?」

「じっ、自分でできます」

さすがにそこまでは任せられなくて慌てて言うと、海藤は無理強いをせず自分の服を脱ぎ始めた。

(……綺麗……)

広いとはいえ、脱衣所の中では嫌でも相手の身体が見える。海藤はごつくはないが綺麗に筋肉のついた身体だった。手足も長く、腰の位置も高い。

(そういえば、海藤さんの裸見るの、初めてだっけ)

あの夜の海藤は少しも服を乱さないまま、真琴を犯した。あの時、唯一触れた場所は……。そう思いながら無意識に落とした視線の先には、黒い茂みの中から少し勃ち上がりかけた海藤のペニスがあった。

「!」

まったく隠そうとはせず、かえって真琴に見せつけるように身体の向きを変える。

(た、勃ってる……)

それは紛《まぎ》れもなく、海藤が真琴に欲情している証《あかし》だ。

（お、おっきいよ、あんなのほんとに入ったのか？）

自分自身のものと比べれば、まるで大人と子供程の違いがある。完全に勃起し、今の状態よりもはるかに大きくなったあのペニスが自分の中に入ったとは到底信じられない。

（切れちゃうはずだよ……）

行為の後の痛さを思い出し、真琴は無意識に海藤から離れようとする。しかし、海藤はその腕を摑み、そのままバスルームの中に引き入れた。

「海藤さんっ」

「真琴」

名前を呼ばれ、次の瞬間キスをされた。


「ん、ふう……」

慣れない真琴は少し長いキスをしただけで息が上がり、力の抜けたその身体を海藤はしっかりと抱き止めた。

（細いな……）

明るいバスルームの中で見る真琴の身体は、まだ成長しきれていない細いものだった。色白だとは思っていたが、もともと色素が薄いのか乳首も淡い色で、ペニスもまだ使っていないのがわかる綺麗なピンク色だ。

海藤はそのまま真琴をバスタブの縁に座らせると、自分はその前に跪いてその顔を下から覗き込んだ。

頬を上気させ、キスの余韻で唇が濡れている真琴は艶っぽいものの、平たい胸やペニスを見ても紛れもなく同性だ。それでも、真琴を欲しいと思う海藤の気持ちが萎えることはなかった。

「！」

荒い呼吸に合わせて揺れる乳首を口に含むと、真琴の身体が小さく震える。薄い肌はわずかな刺激でも敏感に感じるようで、海藤は今にも後ろに倒れそうな真琴の腰を片手で支えたまま、もう片方の手は自分も持っている同じものを掴んだ。体格に似合う細身のペニスは、軽く上下に擦っただけでみるみる硬くなっていく。

海藤からすれば素直な反応だが、自分の身体の変化に、真琴は泣きそうな声で言った。

「さ、触らないでください……」

「触らないと何もできないだろう」

「だ、だって、汚いし……」

セックスがどういったものか、その身に嫌というほど刻まれているはずなのに、実際に触れられるのは抵抗があるのだろう。ましてや相手は同性で、自分をレイプした相手だ。

しかし、もちろん海藤はここでやめるつもりはない。

「俺のものにする身体だ。汚いはずがないだろう」

「……っ」

恥ずかしさでますます身体を硬くする真琴に、海藤はペニスを愛撫する手を止めないまま言う。

「大体セックスは綺麗なもんじゃない。キスして抱き合って終わるのはままごとだ」

「ちょっ、ちょっとま……」

「お前の出すもので俺の身体も汚れるし、お前は俺のもので身体の中まで濡らしてやる」

「おっ、オヤジ発言です！」

「俺をオヤジ扱いするのはお前くらいだ」

とても今からセックスをするようには思えない子供丸出しの真琴の言葉に笑みを漏らした後、海藤はいきなり真琴のペニスを銜えた。

「うわぁ！」

男のペニスを口に銜えるなどもちろん初めてだが、それが真琴のものだと思うと少しも嫌ではない。反対にぬるんとした口触りが面白く、まだ完全に大人になりきれていない先の部分を舌で丁寧に愛撫してやると、苦い味を舌に感じ始めた。

海藤の肩を縋るように掴んでいる手も震えている。初めて感じる快感を、必死で我慢しているのだろう。

「は、放して……」

小さな声で、真琴が言った。

「はな……して……」

「このまま出せばいい」

呆気《あっけ》ないほど早い限界に笑みを誘われたまま、海藤はさらに口での愛撫を激しくする。

竿《さお》の部分は長い指で丁寧に擦り、先の部分は舌を窄《すぼ》めて刺激してやった。溢《あふ》れる蜜《みつ》はどんどん量を増やし、それをたっぷり竿に塗りつけた。

次々と襲う快感に真琴は必死に海藤の身体を押し返そうとしてくる。

「出、出ちゃいそうっ」

「だからそのまま……」

「お、おし……っこ……」

既に半泣きの真琴は、恥ずかしさで顔を背けながら言った。

「ト、トイレ行かせてください……」

初めての強烈な刺激に身体がついていかず、先に尿意の方を催したのだろう。

真琴の必死の願いも、海藤は事も無げに却下した。

「ここですればいいだろ」

「いっ、嫌です！」

「シャワーで流せばすむことだ」

「うう〜」

真琴は涙目で睨んでくるが、それさえも可愛いと思ってしまう。

色ボケだなと、海藤は苦笑した。


「……はあ」

バスルームから出た時、真琴はすっかり疲れきってしまっていた。

かろうじて海藤を押しのけトイレに駆け込んだが、出てきた瞬間またバスルームに連れ込まれ、さんざん焦《じ》らされて泣かされた。今度はどんなに頼んでも口を放してくれず、真琴はとうとう海藤の口の中で射精してしまったのだ。

確かに、口でされたのはとても気持ちがよかった。海藤の口の中は熱くて、繊細に動く舌や歯や唇での愛撫は、拙《つたな》い自身の自慰では今まで感じたことのない快感を得た。それでも、人の口の中で射精までしてしまったのはショックだった。

何度も何度も謝る真琴に、海藤は事も無げに、『次は俺がお前に出す番だ』と言った。それを想像するのも怖いが、今の真琴はそれ以上のいたたまれなさと羞恥《しゅうち》に身を苛《さいな》まれている。

大きなバスタオルで身体を巻かれ、そのままベッドルームまで海藤が抱いて連れて行ってくれたが、すっかり力の抜けきった真琴に抵抗する気力はなかった。

「あ」

「どうした?」

「身体、濡れたままで……」

「構わない」

『どうせまた濡れる』と言った海藤は、自分自身もそのままベッドに乗り上がってきた。昨夜まで一緒に眠っても安心して眠れたベッドなのに、今日はまったく落ち着かない。

「そのままうつ伏せで、腰だけ上げてみろ」

「え……」

バスタオルを剝がし取られた状態で、そんな格好をすればどうなるのか。想像した真琴は反射的に首を横に振ったが、海藤は拒否を許さない眼差しを向けてくる。その強い視線に逆らえなくなっておずおずと言われたとおりにとったポーズはまるで動物のようで、それと同時にあの夜の凶行を思い出させた。

「……い……や……」

「真琴?」

「後ろからは……やです……」

海藤とセックスするという前提を覆すことができないのなら、あの夜と同じことはされたくない。消え入りそうな声はちゃんと耳に届いたようで、海藤は一度、真琴の背中にキスした後、その身体を上向きに返してくれた。

「怖いか?」

気遣うような言葉に真琴は少し迷った後、首を縦に振った。言葉で誤魔化したとしても、身体の強張りですぐわかってしまうだろう。

「痛い思いをさせるかもしれないが、俺はもうお前を傷つけるつもりはない」

海藤は宥めるように唇を寄せる。躊躇うだけだった真琴の舌も、怖々だが海藤に応《こた》えようとするが、とてもついていけなくて喘《あえ》がされるばかりだった。

「あ……はあ」

すっかりキスに溺《おぼ》れてしまった真琴は、その間に海藤が自分の両足の間に身体を滑り込ませているのに気づかず、ぐっと足を広げさせられて、初めて自分がどんな格好になっているのかに気がついた。

「なっ、このかっこ……っ?」

「そのままじっとしてろ」

「!」

両方の膝裏《ひざ》を持たれて足を大きく開かれると、いつの間にか再び硬く勃ち上がっている自分のペニスとその奥の窄まりまで、すべてが海藤の面前に晒されてるのがわかる。思わず足を閉じようと力を込めても、その間にいる海藤の逞《たくま》しい身体のせいで閉じることは叶わなかった。

(見、見られたくな……っ)

それでもなんとか足に力を込めていたが、少し強引に押し開かれると呆気なく真琴の腰は浮き上がり、信じられないことにそのまま海藤は顔を近づけた。

「ひっ、あっ、はぁ……んっ!」

再び始まった海藤の口淫《こういん》に、既にその気持ちよさを知ってしまった真琴の身体はすぐに快感に蕩《とろ》けた。竿から先端まで、口で、舌で、時折喉の奥で愛撫され、その上片手で乳首を強く捏《こ》ねられる。

「ひぃ!」

いつもは頻に優しく触れる指先が、今夜は真琴を快感に啼《な》かせるために猥《みだ》らに快楽を紡ぎ出す。身体だけではなく心までも堕《お》とされていくようで、真琴は縋るように海藤の指を摑んだ。

「海藤さ……、海藤さんっ」

それに応えるように強く真琴の手を握り締めた海藤は、快感に先走りを流し続けるペニスから口を離し、そのままもっと奥の、自分を受け入れる窄まりにまで舌を這《は》わせてきた。

そこが男の身体で唯一受け入れられる場所だというのは嫌というほど身体に刻まれていたが、それでも抵抗がまったくなくなったというわけではない。

「やめっ、きたないっ」

ペニスへの愛撫以上に驚愕《きょうがく》した真琴は、思わず両足をバタつかせて身をよじろうとした。しかし、両足をしっかり持った海藤は構わずにそこへの愛撫を続ける。

「や……」

(おし、お尻の、あん、あんなとこ……！)

普段は排泄《はいせつ》にしか使わない、自分ですら見たことのない尻の穴を舐《な》められるのは相当なショックだ。

「はっ、あっ、ふ、ふぇ……あぅ！」

ざらついた感触で海藤の舌が身体の中まで舐めているのがわかり、真琴は泣きながらも感じてしまった。

丁寧に中まで舐め濡らされたせいか、初めは指一本さえ入らない様子だった真琴の尻の蕾は、ようやく海藤の指を三本まで受け入れられるようになった。内壁をバラバラに動かしながら刺激してくる指。最初の衝撃と痛みは遠のき、今は引きつれと圧迫感が大きい。

「真琴」

名前を呼ばれ、真琴は固く閉じていた目をなんとか開いた。すぐ目の前に、綺麗な海藤の顔がある。普段はほとんど表情の動きを見せないのに、今の彼の顔は快感に耐えるような、こみ上げる感情を抑えるような表情で、目の中には強く自分を求める欲情の熱が孕《はら》んでいて――――なんだかそれが妙に嬉しく思った。

鏡越しではない、この目に映る彼を見ていれば、二度目の衝撃に耐えられるかもしれない。

真琴の表情を注意深く見ていた海藤が、そのままさらに真琴の腰を引き上げた。

「ふう……んっ」

苦しい体勢に思わず声が漏れる。

「力を抜いていろ」

既に海藤のペニスは支えなくてもいいほど勃ち上がっているようで、今も真琴の腿を濡れた硬いものが突いてくる。直に見てしまうとせっかくの覚悟が鈍りそうなので、真琴は一心に海藤の顔だけを見ていた。

「ひぁっ！」

一気に指を引き抜かれ、その代わりに熱いものが蕾に押し当てられる。その瞬間、真琴の身体はビクッと強張り、開きかけた穴も恐れるように閉じようとする。だが、その隙《すき》を見逃さず、海藤はそのまま体重をかけるようにして強引に先端部分を挿入した。

「ひぃ……あっ、はっ、はっ、あぁ！」

快感に掠れていた声が、悲鳴を上げる。

力が入ってしまったせいか先の一番太い部分がなかなか入らず、痛みは酷くなっていく。

「真琴……っ」

消えそうな意識の中、真琴は自分の名前を呼ぶ声を聞いた。ポタッと何かか頬に落ち、真琴は閉じかけたまぶたを必死でこじ開けた。

「か……どうさ……」

（あ……せ……？）

自分の顔や身体を濡らすものが海藤の汗だとわかった時、真琴は海藤も必死だということを感じた。許容量以上のものを受け入れようとしている自分はもちろんだが、あんな狭い場所に入ろうとしている海藤にも相当な痛みがあるのだ。

視線が合い、海藤の指が目じりの涙を拭ってくれる。

真琴が初めて海藤の優しさを意識した指を感じているうちに心の中の恐怖が自然と和らぐ。

（うれ……し……）

　そう思った瞬間、真琴の身体から力が抜けた。無意識にだが自然と身体が海藤を受け入れるように蠢《うごめ》き、かなり狭い真琴の中にようやく先端を沈めた海藤は、それ以上長引かせるよりはと思ったのか、勢いのまま根元までペニスを挿入した。

「！」

　その衝撃にもはや声も出ない真琴は、ただ荒い息を続けている。その振動は、真琴の中にいる海藤のペニスも刺激した。

「動くぞ」

　きつく搾り取るように蠢く真琴の中を、逆らうようにペニスは出し入れされる。先端の太い部分で穴の入り口付近を擦り上げ、次には身体の奥までペニス全体で突き上げられた。

　真琴はただ揺さぶられるまま腰を上下させるだけだが、その揺れさえも海藤には心地好い刺激なのか、身体の中のペニスの質量がさらに大きくなっていく。

　自ら受け入れると決めたせいか、あのレイプの時とはまったく違う快感が次々に押し寄せてきて、痛みも痺れも圧迫感も、すべてを凌駕《りょうが》していった。

「真琴……っ」

　名前を呼ばれ、必死に手を伸ばした。次の瞬間強く抱きしめられ、奪うような激しいキスを与えられた。

肉体がぶつかる音と、濡れたものが擦り合う艶めかしい音。

恥ずかしくてたまらないのに、真琴の心には嬉しさが広がっていく。大切にされているのだと、抱きしめてくれる腕の強さが、奪う口づけの熱さが、教えてくれるからだ。

「はっ、はっ、……」

自分の中を激しく出入りするペニスが、だんだんと大きく震えてくるのを、敏感な粘膜が感じ取った。そして。

「あぁっ……っつ！」

身体の最奥で、海藤が達したのがわかった。

低く呻き、その快感に耐えながら、海藤は最後の一滴まで真琴の中に出しつくすようにさらにペニスで突いてくる。

最初は、恐怖しかなかった。次には諦めが襲い、流されるように海藤の側にいた。受け入れようと思ったのは、多分レイプしたことを後悔して尽くしてくれる海藤に絆《ほだ》されたのだと思っていたが、今自分が抱いている思いは違う。

男同士でも、生きている世界が違っても、ちゃんと目の前の男と向き合いたい。

身体の中で広がっていく精液の熱さを感じながら、真琴は自分がとっくに海藤の存在を受け入れていたのだと、今さらながら気づいた。

誰かが頬に優しく触れる。その主が誰だか、真琴にはもうわかっていた。

「ん……」

「起きたか」

視線の先にいる海藤は、既にきちんとしたスーツ姿で、昨夜あれほど情熱的に真琴を翻《ほん》弄《ろう》したとは思えないほどいつもと変わらない姿で、かえって真琴の方が気恥ずかしくなってシーツに潜り込んだ。

「……っ」

しかし、そのわずかな身体の動きでも酷使した身体には響いて、真琴は思わず別の意味でシーツに沈んだ。

(か、下半身に力が入んない……)

昨夜の過ぎた行為を思い出していたたまれなくなるが、海藤は小さく丸くなった真琴の髪を撫でながら静かに言った。

「俺はそろそろ出るが……」

「……あ、出張……ですよね？」

さすがに起きて見送らなければと思ったが、海藤はそんな真琴の動きを制した。

「お前はしばらく寝ていていい」

「でも、海藤さんは仕事なのに……」

「真琴」

不意に、海藤は真琴に覆いかぶさった。

「か、海藤さん？」

昨夜のセックスを思い起こさせるような距離に瞬時に顔が熱くなるが、海藤の冴《さ》えた眼差しはまっすぐ射るように真琴に向けられていた。

「……一度だけ、チャンスをやろう」

「え？」

「お前が逃げるチャンスだ。お前が本当に嫌なら、俺が戻ってくる前にこのマンションから出ろ」

一瞬、何を言われたのかわからず、真琴は思わず顔を上げる。

（急にどうして……）

海藤ほどの男なら、どんな一流な女も簡単に手に入るだろう。わざわざ男の、それも平凡な男子大学生の真琴を抱くこともないはずだ。ただ珍しくて手を出したが、もう一度抱いてやっぱり価値がないと思ったのだろうか。

グルグル頭の中で考えているうちに、真琴の目からはボロボロ涙が零れ始めた。こんな時に泣くのは女々しいと思うのに、あんなに大切に抱いてもらった翌日に聞かされたその言葉は相当なショックだった。

そんな真琴の涙を親指で拭ってくれながら、海藤は淡々と告げた。

「思った以上に……お前が可愛くなった」

その指が、今度は唇に触れてくる。少しだけ塩辛い味がしたのは、自分の涙のせいだ。

「お前を手に入れたら、どんなに嫌がっても放す気はなかった。抱いたら少しは落ち着くと思ったんだがな……」

「海藤さん……」

「俺の側にいれば、お前は嫌でも俺の別の顔を見るようになる。嫌な思いもするだろう。強引に連れてこられただけのお前に、それが耐えられるか？」

今は表立っていなくても、いずれ真琴の存在は裏の世界には知れ渡る。敵の多い世界で、危険が及ぶこともあるかもしれない。海藤自身真琴を守ることはできるが、嫌な思いはまったくさせないとは言いきれない。

そんな自分にとってのマイナスな現状を、海藤は隠さずに説明してくれた。真琴にとっては今でも海藤との関係を考えるだけで精一杯だったが、彼にはまだ様々な問題があるのだと改めて思い知り、ただ呆然と聞いていることしかできなかった。

「チャンスは一度だけだ。逃げれば追わない。だが、お前が俺を選べば……二度と放さない」

指先が、唇に触れる。

「お前が選べ」

(俺が……選ぶ？)

今まですべて海藤が強引に選んできた。身体を奪ったのも、マンションに引っ越させたのも、すべて海藤の意思だった。

それが、最後の最後で掴んでいた手を放し、真琴に選択しろと言う。

放り出されてしまったようで、真琴は縋るように濡れた瞳で海藤を見上げた。

「サイドボードの上に置いてあるのは、お前が出て行くなら必要なものだ。朝一で用意させたので少ないが、足りなければ倉橋にでも言うといい」

「ま、待って、俺……」

「行ってくる。後はお前の自由だ」

そう言うと、海藤はそのまま寝室から出て行った。

「明日だ」

バイト先のカレンダーを見上げ、真琴は思わず呟いた。

言いたいことだけを言って海藤が香港に旅立ったのは五日前。当初の予定より少し長引いたと倉橋から聞いた。それが予定外のことなのか、それとも本来の予定なのか、真琴には想像しかできなかったが、いろいろと考えるにはいい時間だった。

あのまま一緒にいたとしたら、何かあるたびに海藤のせいにしていたかもしれないと、今なら客観的に考えられた。

何もかも強引に決められ、もしもあの時、もしもああだったら……そんなふうに後悔ばかりしたかもしれない。

海藤は選べと言った。平穏な日常か、世の中の異質な存在である自分か、自身で選択しろと言った。あんなふうに身体を許したのは少なからず好意があるとわかっていただろうが、そんなあいまいな思いでは許さないと言われた気がした。

真琴にとっては、「そこまでしといて！」と文句を言いたいくらいだが。言われて初めて自分が海藤の強引さにどこかで甘えていたということに気づいた。

わかってくれるだろうと安易に考えた自分が恥ずかしかったし、人に選択してもらおうということが子供の考えだったと反省した。

本当に嫌だったら、警察に駆け込むくらいできたのだ。

怖いからといって今の状況を受け入れてしまった時点で真琴は考えることから逃げたも

同然だ。

さらに海藤に対する気持ちが変化した今、百パーセントの被害者ではなくなった。

その意味を、海藤が不在のこの時間で一生懸命考えた。

しかし、怒っていることもあった。

（大体、海藤さんは金銭感覚ゼロなんだからっ）

あの日の朝、サイドボードに置かれていたのは真琴名義の通帳と印鑑だった。

（あんなにゼロいっぱい見たことなかった……）

ゼロは七つ。一番左の数字は三だった。

（一ヶ月も一緒に暮らしてないし、エ、エッチだって、最初のあれを入れても一回……。どういう計算なんだよ）

セックスをお金に換算して考えたことはなかったが、それにしてもあの金額は桁《けた》違いだった。

「ほんと、変な人……」

「マコ」

「ちょっと、ズレてるんだよなあ」

「おい、マコ！」

「あっ、はい！」

　ぶつぶつ呟いて自分の思考の中に沈んでいた真琴は、ポンッと頭を叩かれて慌てて振り向いた。

　そこには呆れた表情の古河が立っている。

「明日のシフト、早退したいって言ってたろ？　ＯＫだってさ」

「あ、ありがとうございます」

（やった！）

　真琴の頬に笑みが浮かぶ。

（倉橋さんに時間聞かないと）

　ちゃんとした答えはまだ出ていない。それでも、海藤の顔を見れば、自分の中にある気持ちにはっきりと名前がつけられるような気がしたのだ。

　だが、翌日海藤は帰宅しなかった。


　当初の予定より大幅に長く香港に滞在し、海藤はようやく帰国した。

　倉橋には出迎えは不要と言ったが、それでも数人の組員が空港まで来ていた。

「会長、どちらに車を回しますか？」

綾辻に聞かれた海藤は一瞬沈黙した後、シートに背を預け、目を閉じて言った。

「このまま帰る」

「はい」

綾辻はにっこり笑って頷くと、運転手に行き先を伝える。事務所やいくつかのマンションの中で、帰るという言葉を使うのはただ一つしかない。

（いるか……いないか）

あんなにも素直にすべてを与えてくれた真琴を信じきれないのは、やっかいな家業のせいか、それとも用心深い性格のせいか。今さらながら自身を笑いたくなる。

決定権を真琴に与えたのも弱い自分のせいで、中途半端に投げ出すくらいなら初めから真琴に手を出すのではなかったと思うこともあった。

それでも、どうしても──自分からは手放せなかったのだ。

「……」

いつもは何かしらと話しかけてくる綾辻もおとなしく、車内は静まり返ったまま、ほどなく車は海藤が真琴と暮らすマンションに着いた。

「ここでいい」

いつもは部屋の前まで来る綾辻にそう言うと、心得ていたのか綾辻は他の組員にも合図をしてすぐに頭を下げた。

「お疲れ様でした」

「お疲れ様です」

口々に言われる言葉に軽く頷き、海藤は地下駐車場のエレベーターからそのまま部屋に向かう。

駐車場に入るまで目を閉じていたので、部屋が明るかったか……暗かったのか、わからないままだ。

部屋の前まで来るとしばらく考えた後、インターホンを鳴らさずに自分で鍵を開けた。

真っ暗な部屋の中、人の気配も感じない。

「……いないか」

こんな時も、きっと自分の顔は無表情のはずだ。感情を大きく揺らしてくれる真琴がいなくなれば、この先もずっと――。

リビングのソファに座ると、海藤はネクタイを緩めた。今までの生活なら、誰もいない部屋に帰るのが当たり前だった。たった一人、真琴の存在がないだけで、これほどの寂《せき》寥《りょう》感を感じてしまう自分が滑稽だ。

そこまで考え、海藤は手を止める。ここに真琴がいないのならば自分もいる必要はない。

マンションを出て行こうとソファから立ち上がりながら携帯電話を取り出そうとしたその時。

「！」

カチッとオートロックが外れる音と共に、賑《にぎ》やかな気配が飛び込んできた。

「あ！　やっぱり帰ってる！」

慌てたような声が玄関から聞こえ、海藤は思わず手の中の携帯電話を握り締めた。

「お帰りなさい！　海藤さんっ」

「……真琴」

次の瞬間、リビングに飛び込んできた真琴の姿に、海藤はこみ上げてくる感情をどうしていいのかわからずに淡々と口を開いた。

「……どうした、まだバイトの途中か？」

真琴は海藤が初めて会った時と同じ、バイト先の制服であるツナギ姿だった。あの時とは違い、ピッタリと身体に合った服はよく似合っている。

「海藤さんが帰る予定の日は早引けしたんですけど、その後いつ帰るかわからないって言われて……。本当は今日も早く帰るつもりだったんですけど、パーティのデリバリーで人手がないから手伝えって言われて、もっと早く帰るつもりだったのに遅くなっちゃって、服も着替えないで帰ってきたんです……あー、もう十一時過ぎてるっ」

ほんの数分前まで、静まり返って冷たかった部屋の中が、たちまち明るく温かくなった。

いや、そう感じるのは海藤自身の気持ちの変化のせいだ。

海藤は単純な自分を笑いながら、腕を伸ばして真琴を抱きしめた。きついと思えるその強い抱擁に、真琴も躊躇わず抱きしめ返してくれる。

「……いっぱい考えました」

「……」

「多分、後悔することもあるだろうけど、自分の気持ちがわかったから……」

「真琴」

「ひと月って、案外長いんですね」

そう言った真琴の真意を必死で読み取ろうとした海藤の耳に、信じられない言葉が飛び込んできた。

「俺が自分で選びました、海藤さんを」

恥ずかしそうに海藤の胸に顔を埋めてきたが、やがて顔を上げた真琴ははっきりとした口調で言った。

「海藤さんが好きです。俺に選ばせてくれて、ありがとう」

好きとか、愛しているとか。

そんなものは単なる感情の一つだと思っていたのに、真琴に言われると無性に嬉しくてたまらない。

半ば諦めていた海藤にとって、真琴のその決意はすぐに信じられなかった。

それでも、言葉は徐々に海藤の中で重たい意味となり、ようやく実感となって心の隅々に染み渡る。

海藤はこみ上げる感情を抑えるように深い息を吐き、ようやく言葉を押し出した。

「……こんなふうに言われるのは初めてだな」

真琴は嬉しそうに笑ったが、次の瞬間あっと気づいたように顔を上げて海藤を見つめた。

「海藤さん、あのお金、ちゃんと自分の貯金にしておいた方がいいですよ？　いついるかわかんないし」

「……ああ、あれか」

そういえば金を用意していたことを思い出した。手切れ金ではなく迷惑料のつもりだったが、今から思えばはした金だった気がする。

「少なかっただろう？」

「と、とんでもない！　俺怖くなっちゃって、すぐ倉橋さんに預けに行きました。聞きませんでしたか？」

「いや」

それならば、倉橋はとっくに真琴の気持ちを知っていたことになるが、海藤に連絡を寄越してはこなかった。職務怠慢と思うのは簡単だが、倉橋は真琴の口から海藤に伝えて欲しかったのだろう。

事実、真琴から聞いた今の喜びは大きく、海藤は倉橋の行動を不問に付すことにした。

「あっ」

「真琴？」

また何か思い出したのか、真琴は慌てたように海藤から離れると玄関の方へ走っていき、すぐに見覚えのある箱を手にして戻ってきた。

海藤の顔に、今度こそ柔らかな笑みが浮かぶ。

「ピザか？」

「ほ、本当はもっとご馳走《ちそう》作って待ってるつもりだったんです。大事な日だと思ってたし、海藤さんに喜んでもらいたかったし。でも、いつ帰ってくるのかわからなくて、今日は買い物に行く時間もなかったし、それなら俺の好きなお店のピザを持って帰ろうって……。これ、特別に作ってもらったんですよ？　特別の、全部乗せピザ、美味しそうでしょう？」

「そうだな」

舌の肥えている海藤にとって、デリバリーのピザが特別美味しいものとは思わなかったが、真琴の笑顔を見ているとそれだけで十二分に満足だった。

帰ってきた場所に、真琴がいる。それが幸せだと、本当に心から思えた。

「温かいうちに食べましょう、俺、お腹ペコペコ」

「ああ」

伝えたいことを言えて満足したのか、いそいそと皿や飲み物の準備をする真琴の後ろ姿を見ながら、海藤はこれがこれからの自分の日常になるのだと感じた。

end

愛情の標《しるし》

「お電話です」

海藤《かいどう》は顔を上げて倉橋《くらはし》を見た。

いつもならば相手の名前を言うはずなのだが、倉橋はそれ以上何も言わない。もともと海藤に直接電話を繋《つな》げるというのはある程度の立場の人間で、名前を出さないというのは社内ではタブーとなっている人物なのだろう。

ふと、頭の中にある人物の名前が浮かんだ。海藤にとっては意味のない、しかし絡みつく因縁の相手だ。

どうしてそれが思い浮かんだのかもわからないまま、一瞬の間の後、海藤は電話を取った。

「はい」

電話の向こう側で剣呑《けんのん》な気配がする。それだけで海藤は確信した。

「なんの用だ」

いきなりな言葉に、相手もすぐに言葉を続けた。

『最近、毛色の変わったペットを飼ったようだな』

「……誰《だれ》から聞いた」

『お前の噂《うわさ》はすぐに広まる』

「身元も漏れているのか」

『詳しいことはまだだ。いずれ出てくると思うが……どういう関係だ？』

「お前に言う必要があるのか？」

『知りたくもない話だがな』

こうして電話で話すのは二年ぶりだろうか。実際に会ったのはそれよりも前だ。

海藤にとっても相手にとっても、お互いが目に入る範囲内には立ち入らないのが暗黙の了解になっているのだが、どうしても交差してしまう事柄がある。

海藤自身は関係ないと一刀両断できるのだが、相手にとってはそうもいかないのだろう。

『せいぜい首輪でもして閉じ込めておくんだな』

「……そうだな」

『……』

いつもなら無視するだろう言葉を肯定した海藤に、相手は多少なりとも驚いたように息を呑《の》む。

しかしそれ以上は何も言わず、電話は唐突に切れてしまった。

「……」

電話を切った海藤は、目を閉じて考えた。

電話の相手が言っていたのは間違いなく真琴《まこと》のことで、思っていたよりも早く相手がその情報を摑《つか》んでいたのが意外だった。

（あいつには興味がない話だろうに……）

海藤の愛人の話など、相手は知りたくもないはずだろう。事実、今まで海藤が関係を持ってきた女たちのことを口に出したことは一度もない。今までの相手とは違い、真琴が本当に普通の一般人だということが、かえってもっと他に理由があるのではと思う要因なのかもしれない。

（まさかと思うが……真琴に会うことはないだろうな……）

海藤が生まれて初めて、欲しいと思った存在。

なんの見返りもなく、愛情を注いでくれる存在。

ヤクザというリスクを承知で手を取ってくれた存在。

本当は、どこかに閉じ込めて誰にも見せたくない。

これほどに誰かに溺《おぼ》れたことはなくて、海藤自身未《いま》だ戸惑《とまど》っていることを自覚している。

「漏れるのは時間の問題だと思っていたがな」

「護衛を増やしましょうか？」

少ない海藤の言葉と態度に、倉橋も電話の相手と内容に見当をつけたらしい。すぐにそう言ってきたのに、海藤は首を振った。

「いや、今以上増やしたら、かえって萎縮《いしゅく》するだろう」

「では、筒井《つつい》と海老原《えびはら》に、今以上気をつけさせましょう」

「ああ」

頷《うなず》きながら、海藤はふと電話の相手の言葉を思い出す。

(ただ知らせるためか、それとも……)

「会長、今日の会食はどうされます?」

そんな海藤の思考は、倉橋の言葉で途切れる。

今日の食事の相手は表の会社で付き合いのある相手だが、考えれば海藤自身が相手をすることもない。

「誰か空いているか?」

「それでは綾辻《あやつじ》に行かせましょう。どうせフラフラしているでしょうから」

綾辻に関しては毒舌な倉橋は、本人に了解を得ないまま勝手に予定を入れ替えた。綾辻ならば不足もなく、海藤も頷いた。

「そろそろ、真琴さんの終業時間ですね」

「……帰る」

「はい」

最近の海藤の予定は、真琴の生活に合わせることも多い。

優秀な秘書でもある倉橋はすべてを心得て、いつでも海藤にとっての最善を選んでいた。

最近の真琴のマイブームはミルクティーだ。それも本格的なものではなく、インスタントの紅茶に牛乳を入れ、蜂蜜《はちみつ》をひとたらしというお手軽なものだ。

海藤は飲まない熱いそれを入れるのが、唯一真琴の役目だった。

「ほら、できたぞ」

「はい」

でき立ての朝食をテーブルの上に並べ、真琴はいつものように嬉《うれ》しそうに両手を合わせた。

「いただきます」

海藤が頷くのを見てから、真琴はまだ熱いままのスープを口にする。

「美味《おい》しい！　このかぼちゃのスープ、いつ飲んでも美味しいですよねっ」

「そうか」

基本的に和食が好みの海藤だが、真琴のためによく洋食も作る。作るものすべてを美味しそうに食べてくれるので、手間などまったく苦にならない。

真琴と一緒に暮らし始めて、二ヶ月が過ぎた。

始めのひと月はまだこんな関係ではなかったが、想いを伝え合って恋人同士という関係になってからひと月あまり、真琴はまだ少し戸惑うこともあるらしいが、それでもずいぶん素直に甘えるようになった。

朝食もその一つで、忙しい海藤に悪いからと何度か朝食作りにチャレンジした真琴だったが、センスがないのかことごとく失敗してしまった。自分が料理には向かないとやっと観念した真琴は、海藤が作ってくれる朝食を素直に喜ぶようになったのだ。

ヤクザ……というより、真琴にとっては会社の社長というイメージの海藤と、学生でバイトにいそしむ真琴の生活時間はかみ合わないことも多いが、二人は意識して一緒にいる時間を作るようにし、朝と夜は海藤の出張がない限りは顔を合わせている。

海藤にとっては、初めてのセックスがレイプだという負い目もあり、許して受け入れてくれた真琴のためにも挽回《ばんかい》する日々が続いていた。

「あ！」

食事の途中、唐突に真琴は立ち上がると、ソファに置いていたカバンの中から封筒を取り出した。

「昨夜《ゆうべ》忘れてました、あの、これ」

「別にいらないんだが」

出た。

「駄目です！　約束っ」

改めて二人で住むと決めた時、真琴は対等な立場でいたいからと家賃を払うことを申し
もちろん、真琴がここの家賃の半額を払うことも不可能だし、既に海藤の持ち物なので当然賃貸ではない。海藤も真琴から家賃を取るなど考えてもいなかったので、初めはその申し出を却下した。

それでも、諦《あきら》めきれなかったのか、翌日真琴は大きな貯金箱を買ってきた。

『なんでも貯金しましょう！』

毎月、せめて二万円、二人のために家賃代わりの貯金をしたいと言ったのだ。

『二人で暮らしてたら、いろいろいるものも出てきますよね？　可愛《かわい》いコップとか、おそろいのスリッパとか、このお金で買うようにして欲しいんです。そして、もっと貯まったら、ご飯も食べに行きたいし、りょ、旅行……とかって、うわあ、海藤さんっ？』

それは海藤が想像もしていなかった真琴の考えだった。

欲しいものがあるのなら、それこそ真琴が望むなら金に糸目などつけずに買ってやりたいと思っていた。いや、海藤にとってはそれが普通だった。

しかし、真琴は二人でいるものを貯金して買うと言う。その金額は海藤にとっては微々たるものなのだが、何かしたいと思う真琴の気持ちが嬉しかった。

思わず高まった気持ちのまま、その夜、一晩中真琴を腕の中で啼《な》かしてしまったほどだ。

「二万円も貯めてたら、すぐにいっぱいになりますね。海藤さん、何か欲しいものありますか?」

「……一番欲しいものは手に入れたしな」

「え? なんですか、それ?」

興味津々に聞く真琴の顔をじっと見つめていると、どんどんその顔が赤くなっていった。鈍い真琴も、海藤という恋人ができてから少しは察しが良くなったらしい。

「え、え〜と、みんなでご飯行くのもいいですよね。倉橋さんや、綾辻さんも誘って」

「俺はお前と二人がいい」

「か、海藤さん」

海藤は手を伸ばし、スープで汚れた真琴の唇の端を親指で拭《ぬぐ》う。

「ついてる」

「あ、ありがとうございます」

指先の感触や声のトーンが別の意味を含んでいる気がしたのか、真琴はますます赤くなりながら食事を再開する。

笑みを浮かべたまま見つめていた海藤は、そのままついでのような口調で言った。

「最近、変わったことはないか?」

「変わったこと？」

「大学でも、バイト先でも」

「別に……あ、海藤さん、今度バイト先に来る時は前もって言ってくださいね？　俺、びっくりしちゃって失敗したから」

「失敗はいつもなんじゃないか？」

「そ、そんなことないですよっ」

図星なのか慌てる真琴を目を細めて見つめる海藤は、この穏やかな朝の風景をやっと日常として受け入れるようになった。

そして、手に入れたからこそ手放せなくなってしまった。

（もう一度調べておくか）

真琴の大学での友人やバイト先の人間は一通り身辺を調べたが、もう一度確認しておいた方がいいだろう。

海藤は倉橋に伝える用件を頭の中でまとめながら、目の前で美味しそうにパンを頬張《ほおば》る真琴を見つめた。

午後の講義が突然休講になってしまった真琴は、空いた時間をどうしようかと考えながら携帯電話を取り出した。大学生になってから初めて携帯電話を持った真琴だったが、その操作方法を覚えてしまう前に、海藤から最新式の新しいものを与えられてしまった。

メモリーの中に男の名前が多かったのが原因だと綾辻は笑っていたが、機械に強くない真琴は最低限の操作を覚えるだけでも一苦労だった。

「……あ、海老原さん？　今、いいですか？」

大学やバイトの行き帰りは必ず連絡するようにと言われたとおりに連絡すれば、すぐに迎えに行くので人目の多い学内のカフェで待っているように言われた。

「心配性なんだよね、みんな」

口ではそう言うものの、兄弟の多い真琴は兄たちに構われていたことを思い出してくすぐったい気持ちがする。

思わず緩んでしまう頰を抑えた時、

「うわっ？」

目の前に立ちふさがっていた何かにぶつかった。

よろけそうになった身体《からだ》を支えてくれたのは、そのぶつかった相手のようだ。

「ご、ごめんなさい！」

「……」

「ちょっと、考えごとしてて前見てなくて、あ、あの……」

「……」

なんのリアクションも返してくれない相手を、真琴は不安になって見上げた。

(学生じゃないみたいだけど……)

背の高い男だった。海藤と同じくらいだろう身長に、二十代……三十歳前後だろうか、短く切りそろえられた髪と精悍《せいかん》な容貌《ようぼう》、スーツに包まれた身体はしっかりと筋肉がついているようだ。

明らかに場違いな感じがして周りからも視線を向けられているようだが、本人はまったく気にしていないらしい。

聴講生だろうかと考えている間に、唐突に男が口を開いた。

「西原《にしはら》真琴だな?」

低く響く声は、硬く冷たい。

なぜか真琴はゾクッと身体を震わせた。

(この人……怖い……)

感情というものを見せない目に、真琴の身体は無意識に逃げようと後ずさった。

初対面の海藤にも同じ雰囲気を感じたが、今の彼の優しさに馴染《なじ》んでいる真琴にはずいぶん久しぶりに感じる感覚だ。

「聞こえてないのか？」

「い、いえ、聞こえてます」

「それなら答えろ」

「そ、そうです、西原真琴ですけど……ど、どなたですか？」

フルネームを知られているということは、どこかで繋がりがあったのかもしれない。それにしてもまったく見知らぬ相手に、真琴は用心深く尋ねた。

「宇佐見《うさみ》だ」

「うさみ、さん？　あの、俺のこと……」

「写真で見たとおり、まだ子供だな」

「なっ！」

宇佐見はそのまま真琴の顎《あご》を摑んで顔を上げさせると、今度は至近距離からじっと見る。

「はっ、放してくださいっ」

講義が始まる時間のせいか行きかう学生の数は少ないが、それでもゼロというわけではない。

どう見ても学生ではない男と真琴との組み合わせは少し目立つようで、先ほどからチラチラと視線を感じる。

その上、真琴が露骨に警戒している態度を取っているので、もっと目立つ結果になったかもしれない。

（ど、どうしたら……）

「開成会《かいせい》の三代目、海藤貴士《たかし》を知っているな」

声をずいぶん落としているが、こんな場所でその肩書きを口にする男に真琴は息を呑んだ。当然だが学校の友人に海藤の肩書きはおろか、付き合っている相手がいることさえも告げてはいない。時々学校まで迎えに来てくれるのを、申し訳ないが遠い親戚《しんせき》だと誤魔化《ごまか》してもいるくらいだ。

だが一方で、海藤のことをそこまで知っている相手が何者なのか、真琴は気になってしかたがなくなった。本来ならなんとでも口実を設けて逃げ出すのが最善なのだろうが……。

「知っているな？」

「か、海藤さんを？」

肯定していいのか迷ったが、相手は既に決定事項として認識しているようだ。

「真琴さん！」

不意に、真琴の聞き覚えのある声がした。

「倉橋さんっ？」

いつものようにきっちりとしたスーツ姿の見た目はエリート官僚のような倉橋が、珍しく駆け足で真琴の側《そば》まで近づくと、自分の身体の後ろに真琴を隠すように宇佐見の前に立ちふさがった。

「倉橋さん、どうして？」

「所用で近くにおりましたので、代わりにお迎えにあがったんです」

『来てよかった』と小さく呟《つぶや》いた倉橋に、宇佐見が溜《た》め息混じりに言った。

「お前か」

「ご無沙汰《ぶさた》をしております」

二人の会話から知り合いだというのはわかるが、その雰囲気はとても親しいとは思えない。

真琴は険しい倉橋の表情に不安を感じた。

「倉橋さん、この人知っているんですか？」

「ただの顔見知りだ」

倉橋が答える前にそう言うと、宇佐見は倉橋にあの冷たい目を向けた。

「あいつは素人の子供に手を出すほどトチ狂ってるのか？」

「……」

「それとも、そいつには何か価値があるとでも？」

「……」

何を言われても、倉橋は黙っていた。

「だんまりか。お前、俺につかないか？　優秀な人材は何人いても困らない」

「ありがたいお言葉ですが、既に私の存在は海藤の血肉になっておりますので、とても切り離すことは叶《かな》いません」

「……馬鹿だな、お前」

そう言うと、宇佐見はもう一度真琴に視線を向ける。

一瞬目が合ったが、宇佐見は何も言わないまま、しばらくして背を向けて立ち去っていった。

「真琴さん、彼から何を言われましたか？」

「な、何も」

本当に、何かを聞く前に立ち去られてしまった。海藤や倉橋と男の関係が気になるものの、それを口に出していいのかどうかもわからない。青ざめた真琴の顔色を心配した倉橋は、すぐに海藤に連絡を取ると会社の方に車を回した。

「仕事の邪魔になるんじゃ……」

「構いませんよ。今の状態のあなたを一人にする方が叱《しか》られます」

「……すみません」

車はすぐに会社に着いた。

真琴にとってはあまり良い思い出がある場所ではないが、ここに海藤がいると思うとそれだけで安心した。

「ご苦労様です」

玄関先で待っていた男たちやすれ違う者は、一様に倉橋に向かって頭を下げる。

「なんですか？」

エレベーターの中で、先ほどから真琴の視線に気づいていたらしい倉橋に問われ、真琴は素直に思ったことを口にした。

「倉橋さんて、できるって感じですよね」

「できる？」

「憧《あこが》れます」

「それは……光栄です」

倉橋が苦笑した時、エレベーターは目的の階に着いた。

「海藤さん！」

連絡があったのか、既にエレベーターの前で待っていた海藤は、真琴の顔を見るとホッとしたように表情を緩めてそのまま抱きしめてくれた。

いつもなら人前での抱擁は恥ずかしくて拒んでしまうが、さすがに胸の中で燻《くすぶ》っている不安のせいで、真琴は自分からも海藤の胸にすり寄る。

「嫌な思いをさせて悪かった」

海藤はもう一度強く真琴を抱きしめてから自室に招き入れてくれ、用意させていたのかその場で茶を入れてくれた。本格的なミルクティーだ。

「うわ、これ、本格的？」

「不味《まず》いか？」

「美味しいです。俺の口にはもったいないくらい」

温かく、美味しいものを口にして少しは気持ちが落ち着いた。何よりすぐ側には海藤がいてくれるのだ、何も心配することはない。

「あいつはなんて言っていた？」

しばらくして海藤が切り出した。

主語はなかったが、それが宇佐見を指しているのはすぐにわかる。あの冷たい目を思い出して一瞬ぶるっと身体を震わせたが、真琴は自分も知りたいことだったので、あの場面を思い出しながら口を開いた。

「あまり話してはいないんです。俺のこと、写真で見たとか、海藤さんのこと知ってるかとか……なんて言おうか迷っていたら、倉橋さんが来てくれたから」

「そうか」

多分、倉橋からは報告は受けたものの、駆けつける前の二人の会話を確認したかったのだろう。それでも話すことはほとんどなくて、真琴は海藤の顔をじっと見る。

海藤は少し考えていたようだったが、やがて携帯電話を取り出すと、どこかに電話をかけた。

（ボタン押してる）

それは、住所録に入れるほど親しくはないが、番号を記憶する必要はある人物なのだろう。

呼び出し音は数回で、すぐに電話は繋がった。

「俺だ。明日、時間空けろ」

簡潔な用件だけの言葉に、相手も何か答えたらしい。

「明日午後二時、いつもの場所だ」

真琴は無意識に海藤のスーツの端を握り締めてしまう。それに気づいた海藤は、片手で真琴の腰を抱き寄せた。

「いいな」

一分もしない間に海藤は電話を切る。そして、抱き寄せた真琴の顔を見つめると、不本意だがと前置きをして言った。

「明日はお前も一緒だ」

「お、俺も？」

「隠せば余計探りたくなるんだろう？　それなら最初から見せてしまう方がいい」

その口調は、海藤が相手のことをよく知っていることを匂《にお》わせた。

「海藤さん、あの人のことよく知ってるんですか?」

「……知りたくはないが、関わっている存在だな」

「関わっている?」

「明日会えばわかる。これ一度きりだ」

「……会わなくちゃいけませんか?」

「会わせたくはないがな」

それは、海藤の中では決定していることなのだろう。値踏みするような、あの冷たい視線に晒《さら》されるのはいい気はしないが、今度は海藤も一緒なのだ。

「わかりました」

「少し、ここで待っていろ。夕食を食べに連れて行く」

「い、いいですっ、仕事の途中なのに!」

「……そうか?」

海藤が倉橋に視線を向けると、すぐに否定の言葉が返ってきた。

「一時間ほどお待ちいただければ大丈夫ですよ。その間、私がお相手しましょう」

「頼む」

結局二人の間で話はついてしまったようで、真琴はその後ずっと海藤と行動を共にすることになった。


「ここ……ですか？」

「一番目立たない」

「……」

（……っていうか、十分目立ってるみたいだけど……）

翌日、真琴が海藤と向かった先は、都内のある百貨店の屋上だった。平日のせいかそれほど人影はなかったが、母親と子供連れの中で海藤の存在は浮き上がって見えた。

しかしそれは胡散臭《うさん》いといったわけではなく、目つきは鋭いが端正な容貌の海藤に見惚《みと》れているといった感じだ。ただ者ではない雰囲気はまとっているが、まさかヤクザだと想像する者はいないだろう。

「何か食べるか？」

キョロキョロと辺りを見回していた真琴は慌てて首を振った。

「お腹いっぱいですからっ。……あ」

真琴の声に、海藤も視線を向けた。

宇佐見は無言のまま近づいてくると、二人の隣のベンチに腰を下ろす。

「よほどそいつが大事なのか」

唐突に切り出された言葉は、やはり冷たい響きだ。真琴は無意識に身体を震わせたが、海藤がまるで守るように腰を抱き寄せてくれたので、途端にホッとして肩の力を抜いた。

「そうだ。これから先、こいつには手を出すな」

「……」

「帰るぞ」

言いたいことだけを言って立ち上がった海藤だが、宇佐見は釣られて立ち上がる格好になった真琴に視線を向けてくる。

「俺のことは何も聞いてないのか？」

「え？」

「隠すつもりか？」

今度は海藤に向かって言った。

海藤は眉《まゆ》を顰《ひそ》めたが、そのまま足を止める。振り返って宇佐見を見据える眼差《まなざ》しは、以前のような凍えるようなものだ。海藤にとって、この男はいったいどんな存在なのか、真琴が疑問を口にする前に宇佐見が口を開いた。

「宇佐見貴継《たかつぐ》」

それは宇佐見の名前だろう。

「貴……継さん？」

不意に、奇妙な響きを感じた。

真琴は隣にいる海藤を見上げる。

「あの……」

「説明するより、これを見た方が早いだろう」

そう言うと、宇佐見はスーツの内ポケットから思いがけないものを取り出した。

「これ……」

テレビで見たことがある、特別な職業の人間が持っているもの……。真琴は怖々受け取ると、思いきって中を開いた。そこには顔写真と共に、身分証が収まっていた。

「警視庁……組織犯罪、対策……部第三課、警視正……宇佐見、貴継……あ、あの、警察の人なんですか？」

「そうだ」

宇佐見は海藤を睨《にら》む。しかし、海藤はその挑発に乗らずに、真琴に向かって淡々と告げた。

「第三課は、暴力団の情報管理、規制、排除が主だ。俺たちとは敵対する間柄だ」

単語を羅列されても、真琴には正直言ってよくわからなかった。

ただわかったことは、目の前の男は警察の人間で、海藤とは対極にある人間ということだけだ。

(でも、それだけでこんなに冷たい目を……する?)

もっと深い関係があるような気がして、真琴は海藤と宇佐見の顔を交互に見る。

そして、ふと真琴は気づいた。

(似……てる?)

どちらも端正な容貌の持ち主だが、タイプは違う。しかし、その持っている雰囲気はどこか似ている気がしたのだ。

とっさに、それは口にしてはいけないことだと思った。海藤にも、そして宇佐見にとっても、それがあってはならない類似点なのかもしれないと感じた。真琴は宇佐見を警戒しながら海藤を守るように自分からその腰に手を回す。海藤はそんな真琴を見下ろし、少しだけ頬に笑みを浮かべた。

「お前がそんな顔をすることはない。俺にとっては別にたいした問題じゃないからな」

「海藤さん……」

「偽善者」

そんな二人の間に割り込むように、宇佐見は吐き捨てるように言った。

「できるなら身体中の血を全部入れ替えたいくらいだ」

「何を言って……」

「あんたもそう思ってるだろ……兄さん」

「に……さん？」

真琴の心臓の鼓動が激しくなった。

「俺はこいつのオヤジが外に作った子供……腹違いの弟だ、忌々しいことにな」

「戸籍上は赤の他人だが」

「じゃあ、本当に……」

「確かに、半年違いの弟だ」

海藤にとっては本当にたいした意味のないことなのか、その口調は本当に何気ないものでしかなかった。


海藤が自分に腹違いの弟がいることを知ったのは、中学に上がった時だった。

既にその頃、伯父《おじ》の菱沼辰雄《ひしぬまたつお》に才気を見出されていた海藤は、自分の家ではなく伯父が住む本家で暮らしていた。

伯父の妹、海藤の母である淑恵《としえ》は二十歳《はたち》の時、当時開成会の若頭だった海藤貴之《たかゆき》のもとに嫁いだ。貴之は三十五歳になっていたが、容姿も頭も並以上に良く、淑恵の方が父に懇願して一緒になったらしい。

　自分の組の大切なお嬢さんを貰ったということで、貴之はずいぶんと淑恵を大切にしていたが、貴之には他に何人もの愛人がいた。

　ほとんどが身体だけ、後は金づると、この世界で生まれ育った淑恵はその存在を黙認していた。

　やがて淑恵は妊娠したが、ずいぶん酷《ひど》いつわりでしばらく実家に戻ることになり、その間に貴之が遊びで手をつけた女の一人が妊娠してしまった。

　まだ十九歳の大学生で家柄もいいその女は当然産むつもりは毛頭なく、貴之も面倒なことになる前にと金を渡して手を切ったのだが、両親になかなか言えなかった女の腹の子供は堕胎が無理な時期になってしまった。

　それからどんなことがあったのか、まだ生まれていなかった海藤にわかるはずはないが、結局女は両親の勧める歳《とし》の離れた男と結婚し、海藤が生まれた半年後に出産した子供はその男の子供として認知されたらしい。

　偶然、同じ中学に進学した時も海藤は名前も顔も知らなかったが、宇佐見の方は自分の出生にまつわる話は既に聞いていたらしく、初対面から海藤に対して敵愾心《てきがいしん》を持っていた。

　警察という組織に入ったのも、自分を捨てた父親と腹違いの兄を、自分の手で破滅させるためだろうと容易に想像がつく。

「気に入らないなら視界に入れなければいい」

「お前が目立ちすぎるんだ」

「いい家に生まれて、いい学校を出て、キャリアという選ばれた存在になった。それ以上何を望む？」

「お前の破滅だな」

最高学府を選んだ宇佐見は、嫌でも海藤と進路が重なった。いつも自分の前を行く海藤が許せなくて、やがて権力を掴んで自分の方が優位に立つことを決めたと面と向かって言われた。

今の地位はまだその途中だが、それでも海藤に自分を無視することはできないだろう、とも。

「そ、そんなの、変です！」

海藤の説明に、真琴は声を上げた。

「わ、悪いのは、海藤さんのお父さんで、海藤さんは何も悪くないじゃないですか！　文句があるならお父さんに直接言ってください！」

「真琴……」

「それに、ヤクザさんの中にもいい人はいっぱいいますっ」

「……言いくるめられているな、めでたい奴」

「そんなことないです！」

必死で宇佐見相手に反論する真琴に、海藤は思い出しかけた冷たい感情の塊が緩やかに溶けていくのを感じた。

以前の自分なら、宇佐見の挑発に対して何気ないふうを装い、反面、冷たい殺気を抱えてこちら側から破滅させようと仕掛けたかもしれない。だが、真琴が、大切な存在が腕の中にいる今、海藤は守るということも、我慢ということも知った。

「そいつと付き合っていれば、やがてお前の家族にも火の粉は飛ぶ。そいつらの業界や、俺たち警察の中でも、お前の存在は知られてきているしな」

毒を吐き続ける宇佐見には、真琴のような存在はいないのだろう。可哀想《かわいそう》だという感情が生まれたのが不思議だ。

真琴は、自身だけではなく家族のことも言われて不安になったのか、こちらを見上げてきた。揺れる眼差しに声をかけてやる前に、真琴自身何かを感じたらしい。

「お、脅しなんかに乗らないからっ」

真琴は海藤を守るように立ちふさがった。細身の真琴の後ろに長身の海藤が隠れるはずもないが、宇佐見はその気迫に押されたように口を閉ざした。

「生まれた時のことずーっと根に持ってるなんて、陰険!!」

「……何？」

「あなたのこと気の毒だとは思うけど、海藤さんだってきっと大変だったはずなんだから！　そ、それに、俺の家族のことは俺が守ります！」

外見だけ見れば、言葉で攻めたら泣き出してしまいそうなほど弱々しく見える真琴だが、実際は己を力で征服した相手を許すほどに度量がある。

宇佐見も、きっと自分の忠告に真琴が逃げ出すだろうとたかをくっていたのかもしれないが、生憎《あいにく》そんな弱い男に惚《ほ》れてはいない。

しばらく真琴を見ていた宇佐見が、憮然《ぶぜん》とした表情ながらも視線を逸《そ》らす。どうやら毒気を抜かれたようだ。

「……まあ、今日はそいつを見られてよかった。お前のニヤけた顔は余計だったが」

「海藤さんはカッコいいです！」

反射的に食ってかかる真琴を、宇佐見は今度は興味深そうに見る。

「俺よりもか？」

「当然ですよ～だ!!」

べ～と舌を出して言う姿はまるで子供で、宇佐見だけでなく海藤までもぷっと吹き出してしまった。

「海藤さんっ」

「どうやら、俺の方がいい男に決定だな。行くぞ、真琴」

真琴に対して宇佐見の態度が微妙に変わったのを感じて、海藤は牽制《けんせい》するように宇佐見に視線を向けると、真琴の肩を抱いて、人混みの中に紛れて立ち去った。


バスルームから出てきた海藤を、真琴は神妙な顔でフローリングに正座して迎えた。

「どうした？」

「今日はすみませんでした。俺のせいで、なんか変な感じになっちゃって……」

宇佐見と別れた後、真琴はいつものようにバイトに向かったが、仕事の最中もずっと海藤と宇佐見の関係を考えていた。

真琴自身、自分の兄弟とはかなり仲がいいので、あんなふうに負の感情を持つなどということは想像もできなかった。本妻と愛人という母親の立場の違いや、半年だけ違う兄と弟というところで、宇佐見はかなり海藤を意識しているようだが、傍《はた》で見た限りは、海藤はあまり拘《こだわ》りがあるようには見えなかった。

（単に見せないだけだったのかもしれないけど……）

結局、自分が原因で、海藤が宇佐見に会わなくてはならなくなったのは事実なので、真琴はとにかく海藤に謝ろうと決意して帰ってきたのだ。

「あの、喧嘩《けんか》しないでくださいね？」

「喧嘩するほど良い仲ではないんだが」

言葉どおり海藤は気にした様子もなく、それどころか正座している真琴の身体を軽々と抱え上げる。

「え？」

そのまま寝室に向かう海藤に、真琴は慌てて言った。

「きょっ、今日は俺がっ、俺がします！」

「お前が？」

「いつも海藤さんにばっかりし、してもらってるから……今日は俺が全部しますから、か、海藤さんは寝てていいです！」

一瞬、海藤は驚いたように目を瞠《みは》ったが、次の瞬間面白そうに笑った。一緒に暮らすようになってから、こんなふうに海藤はよく笑ってくれるようになった。その顔が綺麗《きれい》で思わず見惚れてしまったが、

「……それは楽しみだな」

その言葉に、一気に緊張感が襲ってくる。

ベッドヘッドに背をもたれて座る海藤の足の間にちょこんと座った時点で、真琴はもう

既に後悔していた。

「どうした？　今日はお前がするんだろう？」

眼鏡《めがね》をかけていない海藤は端正な容貌が際立って、余計に真琴は恥ずかしくなる。目が悪いわけではないので、これからしようとする行為は彼にも丸見えなのだ。

「真琴」

促されるように頬を撫でられ、真琴は思いきって海藤に口づけた。何も知らなかった真琴に一から教えてくれたのは海藤で、このキスも海藤の好みのやり方だ。

小さな舌で懸命に口腔《こうくう》内を愛撫《あいぶ》してから、真琴は唇から頬、首筋へと、ゆっくり舌を移動させていく。自分だったらすぐに声を上げてしまうが、今のところ海藤に大きな変化は見られない。とにかく感じさせたくて、鍛えられた腹筋にも丁寧に舌を這《は》わせ、さらにその下へと……。

（う……おっきい……）

明るい照明の下、こんなにまじまじと海藤のペニスを見たのは初めてだ。

もう数えきれないほど海藤と身体を重ねてきた真琴だったが、いつも海藤の愛撫によって快感に溺れ、わけがわからないうちに挿入されていた。

初めてのセックスでの恐怖を完全に打ち消すために、海藤は真琴に快感だけを与え、初心者の真琴に何かをさせるということはなかったので、こうして改めて相手のペニスを見てしまうことでさえ真琴はドキドキしてしまう。

（俺のと、全然違う……）

体格差もあるだろうが、昔風呂《ふろ》で見たことのある父や兄たちのものよりもずいぶん大きい。

海藤に変化はないと思っていたがそこは勃《た》ち上がりかけていて、自分の拙《つたな》い愛撫でも感じてくれていたのだと嬉しくなった。

「さ、触りますよ？」

言葉に出して覚悟を決めてからペニスにそっと手を添えたが、到底片手では足りず、両手で持っても余る長さとずっしりとした質量に、真琴は早くもギブアップしてしまいそうだった。

「やめるか？」

真琴の心境を考えてくれたのか海藤がそう言ったが、真琴は慌てて首を横に振った。

「や、やりますっ。い、いきますよ」

（せ～のっ）

思わず心の中でかけ声をかけると、真琴は思いきってペニスの先端を銜《くわ》える。

（う、動けない……）

口に入れたものの、どうすればいいのかわからずに硬直してしまった真琴は、助けを求めるように上目づかいに海藤を見上げた。

「いったん口から出して、舐《な》めてみてくれ」

こくんと頷き、口からペニスを出すと、口の中に溜まっていた唾液《だえき》がシーツに垂れた。

「急がないでいいぞ」

舌でアイスクリームを舐めるようにペロペロとペニスを舐めた。本当にただ舐めただけだが、ペニスはどんどん頭をもたげてきた。そうなると少しだけ気持ちに余裕もでき、今度は筋が浮き出た竿《さお》の部分を両手で擦《こす》り、先端の太い部分を口の中に入れて舌を這わしてみる。

次第に苦い味が口の中に広がっていくが、それは海藤が感じてくれている証拠だと、真琴は一生懸命愛撫を続けた。

「……もう、いいぞ」

やがて、海藤は真琴の顔を上げさせる。いつの間にか涙が流れていて頬を濡《ぬ》らしていた。

「よく、できたな」

その口調はいつものとおりで、自分の愛撫ではまだまだ感じさせるところまでいっていなかったのがわかる。技巧が足りないのは自覚していたが、滾《たぎ》ったままのペニスをこのままにはしておけない。

「で、でも、まだ……」

海藤が射精していないことを気にした真琴に、海藤はそのまま真琴の身体を引きずり上げると、たった今まで自分のペニスを銜えていた唇に激しいキスをした。

「んっ、んんっ」

口の中に広がっていた苦い味をすべて舐め取るように、海藤の舌は真琴の口腔を蹂躙《じゅうりん》していく。その激しさに息も絶え絶えで、応《こた》えることもままならない。

やがて唾液も飲み込めないほど朦朧《もうろう》とした真琴は、目の前の海藤の顔が艶《つや》っぽく笑ったのを見た。

「今日は俺の上で頑張ってもらうぞ」

もちろん、自分から言い出したのだから今日は頑張るつもりだった。


しかし、じっと見つめられている中でパジャマを脱ぐのはやはり恥ずかしかった。チラチラと海藤に視線を向けるが、少しも逸らそうとしてくれないのだ。

「ふ……あっ……あんっ」

（そ、それにこの体勢じゃあ……）

今の状況で、自分が主導権を握るなんてとても言えたものではない。

尻《しり》の窄《すぼ》まりに海藤の愛撫を受け、甘い声を上げている状態。すべて自分がすると言っても、さすがに蕾《つぼみ》を解《ほぐ》すという行為は自分ではできない。日を置かずに抱かれているので真琴の身体はずいぶん柔らかく海藤を受け入れるようになったが、羞恥心《しゅうち》の方はなかなか克服できそうになかった。

今だって、結局海藤に助けを求めてしまい、彼の指を身体の中に受け入れていた。早く、海藤と対等になりたいと思うと焦るが、海藤はいつまでたってもぎこちない真琴の反応や行為を優しく受け止めてくれる。

「大丈夫か？」

「は、はいっ」

寝ている海藤の上に跨って、自分から受け入れる体位……騎乗位は初めてだ。

真琴はベッドに膝《ひざ》をつき、恐る恐る海藤のペニスを手で支えながら腰を下ろしていくが、太い先端はなかなか中に入らない。

「……っ」

既に蕾は、海藤の愛撫によって指が三本含めるほど広がっている。しかし、海藤のペニスはもちろん指より太いので、簡単に呑み込むことなどできなかったし、真琴自身勢いをつけるのが怖くて、どうしても入り口で肌の上をペニスが滑るという状況になってしまった。

（ど、どうしたら……）

「……海藤さ……」

このままでは、海藤が萎《な》えてしまうのではないか。それよりも先に、せっかく広げた蕾が再び硬く閉じてしまうのではないだろうか。

「どうした？　できないか？」

「う……で、できます」

少しだけ笑みを含んだ海藤の口調に真琴は羞恥で首筋まで真っ赤に染めながら、片方の手を自分の蕾に押し当て、思いきったように指を入れて穴を広げた。

「ひぁ……っ」

自分の身体の中を自分の指で触れるという行為に一瞬息を呑んだが、真琴は震える足を踏ん張りながら再び海藤のペニスを支えると、少しだけ開いた穴に押し当てる。

「ひっ、あっ、はっはっ、あぁ！」

メリメリと音が鳴るような衝撃が襲い、真琴の腰は途中で止まってしまった。先端の傘の部分は、半分も入っていない。

「真琴」

「で、できな……っ」

「よく頑張ったな。……ご褒美だ」

そう言うなり、海藤はいきなり真琴の腰を掴むと自分の腰の上に落とした。

「！」

海藤の力と自分の体重で、真琴は一気に根元までペニスを受け入れる。

その一突きで真琴はイッてしまい、海藤の腹に白い精液を撒《ま》き散らしてしまった。

「動くぞ」

「ま、待って……」

「お前の姿を見ていたら、我慢できなくなった」

「あぁっ！」

下から激しく腰を動かしながら、海藤は尖《とが》った乳首に手を伸ばして摘《つま》んでくる。ずんとした痺《しび》れが下肢を襲い、真琴は無意識に中のペニスを締めつけた。

腰を持って揺さぶられるごとに細身のペニスからもとめどなく残滓《ざんし》が流れ続け、二人の結合した部分からは液体の擦れ合ういやらしい音が響いた。

「あっ、あんっ、か、かいど……さ……」

「どうした？」

さすがに荒い息の海藤に、真琴は涙を溜めた目を向ける。

「き、きもち……い……？」

驚いた様子の海藤が、すぐに目を細めて真琴の涙を指で拭った。

「ああ、気持ちいい」

「うれ……し……」

「……っ」

真琴のその言葉に、いきなり上半身を起こした海藤からすくうように唇を奪われ、そのまま激しく舌を吸われる。そして、海藤は繋がったまま体勢を変え、ベッドに縫いつけた真琴を激しく穿《うが》ち始めた。

内壁の気持ちがいい場所を擦られ、口づけは徐々に深くなって、真琴はもう何も考えられなくなる。

(気持ち、い……っ)

下肢も、そして唇も密着して離れず、身体の中すべてを海藤が満たしてくれる感じがした。

結局、今日も自分の方が強く愛されている。ギュッとしがみつく真琴の身体を強く抱きしめ返してきた海藤は、それから間もなく真琴の身体の最奥に熱い精液を吐き出した。


「何人目だ?」

「今回で四人目です。微罪とはいえ一応罪ではありますが、気になるのはどうして都合よくその場に警察がいたかということです」

宇佐見との対面から一週間経った。

海藤は目の前の倉橋の報告に眉を顰める。

「なんらかの意図があるのか？」

「はっきりはしませんが、あまりにも偶然が重なりますので」

ここ数日で、組員が続けて逮捕された。それはスピード違反や、車の違法改造、酔ったうえでの喧嘩など、確かに犯罪は犯罪だが、かなりの微罪だった。

喧嘩などは、たまたま相手から喧嘩を吹っかけられ、一発手が出た途端警官が駆けつけた。相手がサラリーマンというだけで、相手は放免、組員だけが拘留されたのだ。

組の弁護士からその話を聞いた海藤は、重なる逮捕に懸念を抱いた。

「今うちはやばいことはしていませんが、どこからつけ込まれるかわかりませんから」

「あいつか？」

海藤の言葉に含まれている意味を正確に把握した倉橋は、念の為と前置きして言った。

「あの方もずいぶん出世をされましたから。周りで何かあるかもしれませんし、一応綾辻に調べてもらっています。彼は面が割れていないので大丈夫でしょう」

「……」

数年前会った時とは違い、宇佐見はかなりの権力を持つようになっている。

海藤ほどの大物は簡単に捕まえることはできないだろうが、外堀から攻めて何かを摑もうとしているのかもしれない。

「まったく……困った奴だ」

「……」

倉橋は何も言えず、ただ海藤の横顔を見つめる。

確かに警察とは持ちつ持たれつの関係があり、真琴の存在を知られたばかりの今の状態では利用することも一つの方法だが、いかんせん無骨でデリカシーのなさすぎな警察は、真琴にとってはかなりのストレスになるだろう。

「他には？」

「報告書では、もめごとがあった六件のうち、四件で『一条会《いちじょうかい》』の車が現場にいたそうです」

目撃された車のナンバーから、その所有者はすぐにわかったらしい。

「確か、最近あそこは代替わりしたはずだな」

「前組長が身体を壊されて、ずいぶん揉《も》めたようですが。結局有力視された若頭の今井《いまい》ではなく、監査役をしていた高橋《たかはし》が襲名して……」

「先月、俺のところに挨拶《あいさつ》に来たな」

『一条会』は『大東組《だいとう》』の傘下ではなく、海藤の『開成会』とはまた別の系列だ。

どちらかといえば昔からの武闘派で、経済ヤクザとして名を売っている海藤を良くは思っていないようだった。

その前組長が退き、新しく組長になった高橋は頭脳派で、『大東組』の幹部と顔見知りだというたったそれだけの繋がりで挨拶に来ると、ぜひ教えを請いたいと言っていた。

しかし、その目が狡猾《こうかつ》な光を帯びていたことを海藤は見逃さず、懐に入れれば裏切るだろう人物と評価して、高橋の様々な提案をきっぱりと断った。

「あれで、火がついたのか？」

「もともとそういう人物だったというだけの話です。ただ、これ以上図に乗ってこられては、少々面倒なことになるかもしれません」

「奴と組んでいるのは？」

「所轄の署長ですね。金だけの繋がりのようです」

短期間だが、綾辻の報告はかなり正確で細かい。高橋と問題の署長との関係も、どうやって手にしたのか通帳の写しや電話の記録も添えている。

「どうされます？」

「本宮《もとみや》のオヤジの手前、手荒なことはできるだけ避けたいが……」

高橋が引き合いに出した『大東組』の最高幹部の一人であり、海藤の伯父の菱沼辰雄とは旧知の仲である本宮宗佑《そうすけ》の顔を思い出して言うが、ただ指を銜えているだけのつもりもない。

「もう少し様子を見るか」

新しいスタイルのヤクザと言われている海藤も、この世界の柵《しがらみ》というものを無視することはできなかったが、唯一、真琴に手を出されたとしたら黙ってなどいられないだろうとも自覚していた。

『開成会』を襲った小さな不安の種は、やがて真琴の周辺にも及んできた。

午後の講義が終わってバイトに向かっていた真琴は、海老原に連絡を取ろうと携帯電話を見ながら歩いていたが、校門を出て少ししたところで突然呼び止められた。

「西原真琴さん？」

「え？」

「あ、本当に男なんだ」

「……あの、どなたですか？」

声をかけてきたのは二人組の男たちだった。一見、サラリーマン風の、三十代だろう男たちが同時に内ポケットから差し出したのは、つい最近見たばかりの身分証だ。

「……刑事さん？」

「これから顔を合わせることもあるだろうから」

「え？」

唐突な宣言に、真琴は戸惑う。

「開成会会長の海藤、君が奴の情婦だということで……ま、我々としても、奴の情婦が男だとは、実際会うまで信じられなかったが」

名前も女の名前だしと続く言葉は真琴の耳を通り抜けた。

（警察が俺に……）

悪いことをしているわけでもないし、海藤とのことを恥じているわけでもないが、実際に警察が目の前に現れて、真琴はいきなり自分がどんなに不安定な立場にいるのかを自覚してしまった。

だが、あまりにも急な話だ。そこに何か意図があるような気がした真琴は、ふと数日前会った男の面影を思い浮かべる。

「あの、これって……もしかして、宇佐見さんが？」

「……どうしてその名を……」

男は言葉を続けようとして、ふと口を噤《つぐ》んだ。

「真琴さんっ」

そして、次の瞬間駆け寄ってきた海老原の姿を見て、真琴は彼らが言葉を止めたわけを知った。気がつくと、手にしていた携帯電話は繋がったままで、海老原が今までの会話を聞いていたのがわかった。

「こちらは?」

見かけは今風の若者でも、その目つきは鋭くただ者ではない雰囲気を醸し出している。

一人の刑事が身分証を見せながら言った。

「少し話を聞かせてもらっただけだ。お前たちは余計な手出しをするなよ」

「そ、そんな言い方、やめてくださいっ」

いかにも見下した言い方に真琴は反発するが、慣れているのか海老原は真琴に軽く頷いてみせると、改まった口調で男に言った。

「邪魔をするつもりはありませんが、自分も社長から言いつかっている役割を放棄することはできないので」

「社長……ね」

不特定多数がいる公の場では、海老原は海藤のことをそう呼んでいる。ヤクザの会長である海藤が表の世界では経営コンサルタント会社の若き社長として、その手腕を高く評価されていることは警察内部でも周知のことかもしれない。

表の財界政界の大物とも付き合いがあるせいで、なかなか警察も手を出しにくい――それは以前、綾辻から聞いた話だ。

「バイトの時間なので失礼します」

剣呑な刑事たちをあっさり見切り、真琴の代わりにそう言った海老原に腕を引かれて滑るように横づけされた車に乗り込んだ。

運転席にいる筒井は相変わらず険しい顔をしていたが、

「大丈夫ですか?」

そう、声をかけてくれる。真琴はようやく頷き、強張《こわば》っていた身体から力を抜いた。

「びっくりしました?」

海老原の言葉に、真琴は小さく頷く。

「……少し」

ちらりと後ろを振り返ると、車の後ろにピッタリとついてくる黒いセダンがあった。先ほど見た二人の顔をそこに見つけると、真琴は慌てて前へ向き直る。

「なんだか、見張られているみたい……」

「奴らは職務という大義名分で、どこまでもズカズカ入り込んできますからね」

海老原は皮肉そうに口を歪《ゆが》めるが、真琴はもっと別の心配をしていた。

「海老原さん、もしかして海藤さん、なんか危ない目に遭ってるんじゃないんですか?

俺、あの、よくわからないけど、ショバがどうとか、利権がなんとかって、よく映画やテレビで聞くし……」

真琴の知識はごく浅いもので、多分海老原や筒井からすれば笑える話だと思う。それでも、海老原はちゃんと答えてくれた。

「今は抗争もありませんし、第一、会長はきちんとした会社を経営しているんですから、なんら心配することはありませんよ」

「……でも、今の人たち……」

「別口で依頼があったのかもしれません。倉橋幹部に連絡しておくんで、二、三日の辛抱ですよ」

「……はい」

あまり納得はできないが、きっと海老原もそれ以上言いようがないのだろう。自分の気持ちだけ押しつけたくなくて自然と無言になってしまっていた真琴は、いつの間にか車が路肩に停められていたことにすぐには気づかなかった。

不意にトントンと窓を叩《たた》かれ、

「……あ！」

慌てて外を見た時にすぐ側に立っていた人物に気づき、真琴の表情はパッと明るくなった。

「綾辻さん！」

「お久しぶり♪　相変わらず可愛いわね～。会長によ～く、可愛がってもらってる？」

ドアを開けるなり賑《にぎ》やかにそう言い、相変わらずのテンションでウインクまでした綾辻は、助手席で苦笑を浮かべている海老原に向かって言った。

「ご苦労様。まとわりつく蝿《はえ》は無視していいそうよ」

すべて理解しているような綾辻の言葉に、警戒心を解いていなかったらしい海老原もホッとした笑顔を見せた。

綾辻と会うのは久しぶりだった真琴は、再び走り出した車の中ですぐに彼に話しかける。

「お久しぶりです。あの、もしかして俺のために……」

「私がマコちゃんに会いたくって。あなたのダーリンが仕事を詰め込んでくれちゃって、ま～ったくお休みなかったのよ」

「ダ、ダーリンて……」

あの海藤をそう呼べるツワモノは綾辻くらいだろう。

真っ赤になる真琴を楽しそうに見ていた綾辻は、チラッと後ろに視線を向けた。

「あ～あ、ご苦労なこと。ま、税金の無駄遣いだとは思うけど」

「あの、綾辻さん、俺のこと、結構周りに知れ渡っちゃってるんですか？」

「ん～……マコちゃんに嘘《うそ》をついてもしかたないわね」

もともと海藤は女遊びの激しい方ではなかったが、それなりの付き合いや接待は受けていたらしい。海藤の容姿や財力は、ヤクザという肩書きさえ魅力的に映すようで、夜の女たちだけではなく財界の奥方や令嬢まで誘いをかけてくるほどだったと言われて、真琴も素直にすごいと思った。

そんな海藤が最近一人の愛人を囲ったらしいという噂はたちまちのうちに広がり、それが何者かとの詮索《せんさく》も強まったようだが、さすがに男だと知っている者はまだ少ないはずだと海藤たちは読んでいるらしい。

「じゃあ、さっきのは……」

警察の方でもまだ情報は錯綜《さくそう》している段階で、今回の件はおそらく宇佐見の差し金だろう──。

「……やっぱり……」

海藤はあまり付き合いはないと言っていたが、宇佐見の方には強い拘りがあるのだろう。そのせいで、海藤と一緒にいる真琴のことも気に障るのかもしれない。

「まったく、お兄ちゃんが嫌いだからって、その恋人を苛《いじ》めてどうするのよってね」

「あ、あんまり、似合わないですね、お兄ちゃんって」

「だって、そのとおりだもの。資産家のお坊ちゃまで、物質的な苦労は何もなかったらしいし、頭のいい親孝行な息子だと評判で、義父から虐待を受けていたってこともなし。会長とのことだってごく限られた人しか知らないのよ？　それなのに拘る意味がわかんないわ」

確かに、話だけを聞けば順風満帆な人生を歩んできたらしい宇佐見が、なぜそこまで海藤に拘るのか、それはもう本人しかわからないことかもしれない。ただ、その兄弟喧嘩も、お互いがヤクザと警察という正反対の立場が絡んでくるからやっかいだ。

「克己《かつみ》も余計な仕事抱えちゃって、大変よ」

「克己って、倉橋さんですか？」

まだ何か大変なことがあるのだろうかと不安になって綾辻を見れば、眉間《みけん》に寄せていた皺《しわ》を一瞬で消し去った彼は笑って言った。

「大丈夫、この世界にも決まりがあってね、なんの関係もない素人さんには手を出さないわよ。ま、たまに馬鹿な奴らもいるけど、会長に任せとけば大丈夫。マコちゃんはで～んとしてていいのよ」

大きなジェスチャーつきで話す綾辻は、そのモデルのような外見とはギャップがありすぎて思わず笑ってしまう。ようやく、重苦しかった車内の雰囲気が変わった。

「バイトまでまだ時間あるわね。美味しい激辛ラーメン食べに行かない？　私お腹ペコペコなの」

「あ、じゃあ、海老原さんと筒井さんも一緒でいいですか？」

「い〜わよぉ、奢《おご》っちゃうわよ」

真琴の気分を上昇させるためか、海老原たちも素直に話に乗っている。

「ご馳走《ちそう》になります」

「ありがとうございます。ご相伴に与《あずか》らせていただきます」

「なに、筒井ったらおっさん臭いわよ」

「すみません」

「やあねえ、謝られたりしたら私が意地悪ババアみたいじゃない」

綾辻のおかげで、真琴は束《つか》の間、現状を忘れることができた。


「お疲れ様でした」

午後十一時十五分前、真琴は裏口から店を出た。いつもより注文が少なく、配達要員のバイトが数人残っていたため、掃除を免除されて早めに帰してもらえた。

真琴のことを気遣い、いつも店の周辺で待つことはせずに終業時間に合わせて車をつけてくれている筒井は、定時より早いこの時間にはもちろんいない。

連絡を取ろうと携帯を出した真琴は、すぐ側で車が停まった音に顔を上げた。

「あっ」

助手席から出てきたのは倉橋で、倉橋は真琴に向かって丁寧に頭を下げた後に後部座席のドアを開けた。降りてきたのは、圧倒的な存在感を持つ海藤だ。

「海藤さん！」

思わず叫んだ真琴は、パッと海藤の側に駆け寄る。

「どうしたんですか？」

「久しぶりに迎えにこようと思ってな」

わずかに笑みを浮かべて言うと、海藤は真琴を車の中に誘ってくれた。

後部座席に海藤と並んで座った真琴はホッと安堵《あんど》の息をついたが、すぐに申し訳ない気持ちになって海藤に謝る。

「ごめんなさい、海藤さん。無理して来てくれたんでしょう？　俺が落ち込んでいると思って」

「ただ、早く会いたかったからとは思えないか？」

「……ちょっと、似合わないかも」

海藤は笑って、ポンポンと真琴の頭を優しく叩く。

「俺の自己満足だから気にするな」

そうは言っても、日々本当に忙しい海藤が真琴のことまで配慮するのは大きな負担だ。

自分がもっと強ければ……いや、せめて大学生でなく社会人ならば、もう少し違ったかもしれないが。

せっかく海藤が迎えに来てくれても真琴の気分は下降線を辿《たど》ったままだ。それを海藤もわかっているだろうにそれについては何も言わず、真琴の肩を抱き寄せながら提案してきた。

「真琴、明日からしばらくバイト休めないか？」

「え？」

「そんなに長い期間じゃないが……」

最初にバイトを辞めるように言って以来、海藤は真琴にそのことについて何も言わなくなった。真琴にとってのバイトがどんなに生活の一部になっているのか、ちゃんとわかってくれたからだと思う。

そんな海藤がいきなりこんなことを言い出すのなら、絶対に何か意味があるはずだ。それを隠そうとしているのなら、そのわけはきっと、真琴のことを思ってだとすぐにわかった。

海藤は感情をあまり表に出さないが、彼のことをよく知ると意外なほどわかりやすい。悲しくなるほど優しい彼の心が、どんなに真摯《しんし》に自分に向けられているのかも。

「それ、絶対に？」

「できれば、だ」

「……」

命令するのではなく、真琴の意思を尊重してくれている。真琴はまっすぐな視線を向けた。

「理由、教えてくれませんか？　俺に関係があることなら、知っておきたいんです」

「……組のことでも？」

「何も知らないままじゃかえって怖いし……海藤さんのことも心配だから」

真琴が譲らないことがわかったのか、肩にかかる海藤の手に力がこもるのがわかった。


翌日、午前中の講義が終わった真琴はそのまま午後の講義に出るのでキャンパス内のカフェテラスに一人で向かうと、今マイブームのミルクティーを飲みながら昨夜の話を反芻《はんすう》していた。

『俺が狙《ねら》われる？』

詳細な組同士の対立構造はわからなかったが、どうやら妬《ねた》まれているらしい海藤のアキレス腱《けん》として自分が注目されているのは理解できた。

そうかといって、普段暴力とは無縁の生活をしている真琴にとって、自分が狙われていると言われても、いまいちピンとこないというのが正直なところだ。

海藤が言うには、それは最悪の状況を考えてのことで、まず手出しはできないはずだとも言っていた。

ただ……自分が心配で、先に手を打っておきたいだけだとも。

昨夜、海藤と身体は繋げなかったものの、ずっと抱きしめられてキスの雨を受けていた。

今までは家族の腕の中が一番安心したが、どうやらその地位は海藤に譲られたようだ。

昨夜の幸せな気持ちを思い出していた真琴は、いつの間にか目の前の椅子《いす》に誰かが座っていたことにすぐには気づかなかった。

「何を考えている？」

「！」

突然聞こえてきた声にハッと顔を上げると、そこには以前見た不機嫌そうな顔があった。

「宇佐見さん……」

「ここのコーヒーは不味《まず》いな。飲めたもんじゃない」

会うなり文句を口にするのが、なんだか彼らしいと思える。

「……紅茶はいけますよ？　インスタントだけど」

「問題外だ」

こうして宇佐見と普通に会話していることが、真琴は急におかしくなった。

「何笑ってる」

「笑ってました？」

「ああ、顔が崩れていた」

「……」

（海藤さんと同じで言葉数少ないけど……口悪いなあ）

半分だけだが血が繋がっている兄弟。その生い立ちは複雑なようだが、確かに二人には似ている部分があった。言えば二人とも否定するだろうが、小さな共通点を見つけた真琴は宇佐見に対する警戒心がどうしても緩む。

（仲良くして欲しいなんて言うのは、俺の我がままだとは思うけど……）

そう考えた真琴は、不意に気がついたように言った。

「宇佐見さん、あの警察の人、宇佐見さんが……？」

「護衛のつもりだったが、どうやら海藤に追い返されたようだ」

護衛にしてはかなり上から目線で見られたし、海老原に対しては明らかな蔑《さげす》みの眼差しも向けていた。職業柄しかたがないにしても、真琴にとって既に身内のように思う彼らに向けられる負の感情は、側で見ていても面白いものではなかった。

実際、宇佐見はどういうつもりで真琴に刑事をつけたのだろう。尋ねても、多分答えてはもらえない気がした。

「心配してくれて、ありがとうございます。でも、俺に護衛がつくなんてちょっと大げさじゃないかと思うんですけど」

「あいつもつけているだろう。ヤクザの護衛はよくて、警察は嫌だって言うのか？」

「それはっ」

「ヤクザ者より警察の方がいいのは当たり前だ」

「……」

（頑固者っ）

無意識のうちに海藤と比べてしまい、真琴は内心呆《あき》れた。

確かに海藤も強引なタイプだが、真琴の話はきちんと聞いてくれる。それを受け入れるかどうかは別にして、自分と違う意見があるということをわかってくれるのだ。

しかし、目の前の宇佐見は、こうと思ったら頑《かたく》ななまでにそれに固執し、自分の意見を押し通そうとするタイプに見える。複雑な生い立ちからかヤクザというものに対して相当な偏見を持っているとしか思えない。

もっとも、海藤も巧みな話術と肉体へ与える快感で、最終的にはいつも自分の思う方にと事を運んでいることを、真琴だけが気づいていないのだが。

「一条会が動いているようだが、あいつはどうしている？」

一条会という名は、昨日海藤の口から聞いた。だとしたら、手出しをしないだろうと海藤は言っていたが、警察が動くようなことはしているというのだろうか。

(海藤さんは知ってるのかな)

「俺の方には、まだ接触したとの報告はないが」

どんどん話を進める宇佐見に、真琴ははっきりと否定をした。

「俺の方には何もありませんよ」

「昨日……」

「はい?」

「……あいつがわざわざ迎えに来たらしいな。大物が、ピザ屋まで来たって……連中驚いていた」

「連中って、刑事さんたちですか?」

まさか、あの時もいたとはまったく気がつかなかった。いや、気がつかなかったのは真琴だけで、海藤や倉橋たちは気づいていたのかもしれない。

どんな理由があっても見張られるということに慣れていない真琴には気持ち良い話ではなく、溜め息をつきながら背後をチラチラと見てしまった。本職の刑事が真琴にわかるような尾行などしないだろうが、それでも身体中に視線を感じるようで落ち着かない。

そわそわし始めた真琴をじっと見ていた宇佐見が、ふと視線を逸らして呟くように言った。

「……あいつの父親に会ったか?」

「海藤さんの、お父さん?」

突然の問いに、真琴は慌てて宇佐見に視線を戻す。

必然的に、それは目の前の宇佐見の父のことだ。自分の実の父親に対して、今宇佐見がどういう思いを抱いているのかはわからない。兄である海藤に対してはかなり敵対心があるようだが、父親に対しては違うのかもしれない。

しかし、さすがに真琴も彼の感情までは読めなかった。

「……会ったことはありません」

「話は?」

「この間、宇佐見さんと会った時に聞いたことだけ、です」

海藤は仕事のことはもちろんだが、自分の家族のことを話したことはない。父母のことも、幼い頃から引き取って育ててくれた伯父のことも、真琴は言葉の端ですら聞いたことはなかった。

それは真琴を信用していないというわけではなく、真琴に負担をかけさせたくない配慮からだと思う。組の、ひいては海藤の事情に巻き込まれ、今以上に真琴が負担に感じてしまうのをちゃんと防いでくれている。

ヤクザという仕事に関しては真琴も知りたいとは思わないが、海藤や倉橋、綾辻たちが危ない目に遭うのは絶対に嫌だ。そのために海藤がして欲しいのならば、バイトだって休む。

ただ、家族のことに関しては、自分のことが知られているからというわけではないが、もっともっと海藤自身について知りたいと思っていた。

「覚悟はしているんだろうな?」

「覚悟って……」

「仮にもあいつは一つの組を率いている。このままいけば、大東組でも重要な地位まで上るだろう。そうなったら、何が必要になると思う?」

思わせぶりに言葉を切り、宇佐見は戸惑っている真琴をじっと見つめた。

「わからないか? ……女だ。組をまとめる意味でも、跡継ぎを作る意味でも、姐《あね》さんって奴が必要になる。あいつの親も、それを望んでいるだろうな」

唐突に突きつけられた現実。真琴の身体からさっと血が引いた。

「……子供って、海藤さんが結婚するってことですか?」

「結婚までしなくても、な。お前だって、いずれ結婚するつもりだろう?」

「俺は……」

まだ大学に入ったばかりの真琴にとって、結婚や子供といったことは現実味がなく、海藤と付き合い始めてからは漠然と結婚はしないんだろうなと思うくらいだった。

しかし、海藤はもう三十を越えた歳で、いつ結婚してもおかしくはない。あれほどいい男なのだし、表の仕事も持っており、ヤクザということは海藤にはネックではないだろう。

（海藤さんが結婚して、子供ができたりしたら……俺はどうなるんだろう……）

真琴にとっては不本意に始まった関係だが、今の自分はその関係をきちんと受け止めているつもりだ。

初めて恋した相手が同性だというのはあまりないことだし、初体験が同性だということもそうないだろうが、真琴は結局それでよかったのだと信じている。

ただ、海藤はどうだろうか？

海藤の気持ちを疑うわけではないが、海藤のいる世界では上下関係というものは厳しいらしい。それは海藤と他の組員たちの関係を見ていてもわかるくらいで、もしも海藤が自分より上の立場の人間に命令されたら……切り離せない柵というものの中で、不本意ながら頷くかもしれない。

そんな中、結婚という形を残せない自分たちに、確かな約束などできるのだろうか。

（別れるなんて……想像できない……）

「今のうちだぞ」

泣きそうに顔を歪める真琴に、宇佐見は重ねて言った。

「今ならまだお前はあいつと縁を切れる。そうした方が、絶対いい」

「宇佐見さん……」

「俺が力になるから」

口先だけで言っている言葉ではないことを感じるが、真琴は頷けない。

真琴は俯《うつむ》き、宇佐見もそんな真琴を見つめたまま、しばらくの間ただ黙ってそこに座っていた。


「あ、真琴です。今終わったから……はい、いつものところで」

講義が終わり、いつものように海老原に連絡を取った真琴は、待ち合わせている校門から百メートルほど先の本屋に向かって歩き始めた。

不特定多数の人間が出入りする場所は、意外と人は人に無関心になるからだ。

できるだけ真琴に普通の学生生活を送らせてやりたいと考えてくれる海藤は、極力ヤクザとの関係が連想されることはないようにと気を遣ってくれている。

(それだけ大事にされているのはわかるけど……)

昼間の宇佐見の言葉が頭から離れなかった。

「……」

溜め息をついた真琴は本屋の前で足を止めて周りを見る。迎えの車はまだ見えない。チラッと視線を動かすと、宇佐見が手配したらしい刑事が二人、真琴から少し距離を置いて立っているのが見えた。

「刑事さんがいるんだから心配ないか」

見張られるのは嫌なくせに、ちゃっかりこんなふうに考えている自分に呆れる。それでも少し立ち読みでもしようと中に入った真琴は、少し考えて料理本の棚に向かった。未だ料理はほとんど海藤がこなしていて、真琴は包丁さえ満足に握っていない。

（俺だって練習すれば……）

想像上の海藤の結婚相手に対抗するわけではないが、何か一つでも海藤のためにできることをしたかった。

「卵焼きくらいは……でも、海藤さんの、美味しいし……」

本当に、ヤクザという肩書き以外は完璧《かんぺき》な男なのだ。

（そのヤクザってとこだって……女の人は危険な男が好きだっていうし……）

子供っぽい性格と、優しげな容貌のせいか、真琴はいつも友達止まりで、女の子たちから好意を向けられたという記憶はまったくなかった。

素材が問題なのだろうかとページをめくりながらぶつぶつ呟いていると、

「ねえ、ちょっといい？」

「え？」

声をかけてきたのは見知らぬ女だ。

真琴より年上の、赤い口紅が印象的な色っぽい女は、振り返った真琴ににっこり笑いかけてきた。

「あなた、海藤会長の知り合いでしょう？」

いきなり海藤の名前を出され、真琴は戸惑った視線を向けた。

「あの、どなたですか？」

「私、川辺《かわべ》アンナ。クラブをやっているの」

クラブ＝酒を飲む場所＝女の人。とっさにその方程式が頭の中に浮かんでしまい、真琴は眉間に皺を寄せる。

「あなたのことは会長からよく聞いてるわ」

「海藤さんから……ですか？」

「ええ、会ってみたいと思ってたのよ」

だが、そう言われて真琴は少し違和感を覚えた。海藤が誰も彼もに真琴の存在を話すとは到底思えなかったからだ。それに、赤い唇が海藤との初対面で会った時の女を連想させ、とても冷静に話を聞ける気持ちにはなれない。

「あ、あの、俺、連れが来るので」

「あら、いいじゃない」

逃げ腰の真琴の腕を摑むと、アンナは笑いながら身を寄せてくる。柔らかな乳房が触れて免疫のない真琴は顔を赤くして動揺したが、距離を置こうと身じろぎした瞬間、腰の辺りにチクッとした痛みが走った。

「？」

（何？）

目線を下に落とすと、アンナのショルダーバッグの陰から何かが自分の腰に当てられている。

「騒がないでよ？　ちょっとだけ付き合ってくれたらいいだけだから」

笑いながら言うアンナの様子は、傍から見れば仲の良い恋人同士に見えるだろう。

とっさに真琴は目線だけで外の刑事たちを捜すが、混み合った本屋の店内からではその姿は見えない。

「そういえば、刑事もついてるのよね。大事にされてるじゃない」

「あ、あなた、いったいどうして……？」

「ほら、足を動かして」

海老原が着くまで時間稼ぎをしようと思った真琴の考えは読まれているのか、アンナは真琴に何かを突きつけながら巧みに店内を歩き、なぜか堂々と表に出てきた。

「こういう場合、裏口にも見張りはいるだろうし、堂々としていれば案外疑われないものよ」

そう言うと、ちょうど店の前に止まっていたタクシーに真琴を押し込み、その隣に自身も乗り込んだ。

「お待たせ。刑事二人ついてるわよ」

「了解」

親しげに運転手に話しかけるアンナを、真琴は驚いたように見つめる。

「もしかして……」

「タクシー相手じゃ、警戒もしないでしょう?」

運転手は三十前後でがっしりとした体格の、男らしく整った顔の男だ。この相手に、真琴が腕力で勝てる可能性はほとんどない。

タクシー自体も本物のようで、とっさに降りようと手にかけた後部座席の内側からも開かないようになっていた。

「俺を、どうする気ですか?」

できるだけ強気でいようと思っても、震えてしまう声は誤魔化せない。

反対にこの状況を楽しんでいるらしいアンナは、笑いながら真琴を脅していた包みを開いて見せた。それはナイフではなかったが、長さが二十センチ近くあるアイスピックだ。これで刺されていたら――想像するだけで気が遠くなりそうだ。

「ど、どうして……？」

「お願いごとがあるのよ、会長に」

アンナはアイスピックを弄《もてあそ》びながら、まるで楽しい計画を発表するような浮かれた口調で続けた。

「前、お店に来た時誘ったんだけどあっさり断られてね。最近お気に入りの愛人を囲っているらしいとは聞いたんだけど、ほんとに男の子とは思わなかったわ。彼、ゲイじゃないでしょう？　どうやって落としたの？」

脅して連れてきた割には、アンナはあっけらかんと友達のように話しかけてくる。やった行為と態度のギャップがありすぎて、真琴の戸惑いは大きくなった。

「……海藤さんに、何を頼みたいんですか？」

「一条会の高橋のことよ。あいつ、どうにかして開成会の海藤会長に取り入りたいから身体を使えって言ってきてね。私も、海藤会長はいい男だし、喜んでと思ったんだけど……振られちゃったでしょう？　そうしたら高橋の奴、今まで工面してきた三千万円一括して返せって言ってきたの。まあ、組が苦しいんだろうけど、そんなの私だって無理だし」

「工面って？」

「私、高橋の女なの。まあ、今は元がつくけど」

あっさりと言いきられ、真琴は思わず目を瞠る。

身体を使うとか、三千万円だとか、誰かの女とか。次々に耳に飛び込んでくる言葉がちゃんと意味を伴っていない。あまりにも非現実的なことを突きつけられて、頭の中がパニックになりそうだ。

「相手が海藤会長だったらね～。愛情だけでも十分かもしれないけど、高橋とはお金で割りきった関係だったのよ。それなのに今さら返せなんて、情けない男」

「で、でも、どうして俺を？」

「会長がそんなに大事にしている子なら、引き換えに軽くお金を出してくれるんじゃないかなって。あと、できれば高橋に話もつけて欲しいけど」

あまりにも軽い言葉に、真琴は恐怖心さえ忘れて呆れてしまった。

愛人に貢いだ金を返せと言う男も男だが、その金を工面するために簡単に大学生の男を誘拐する女も女だ。いわば、これは単なる痴話喧嘩ということだ。他の組の人間に狙われているかもしれないと、真剣に警戒してくれている海藤や周りの人々に申し訳なささえ感じる。

女の様子から切迫した命の危険を感じなくなった真琴は、少し眉を顰めてアンナを見た。

「海藤さんがお金を出すなんてわかりませんよ？」

「大丈夫」

「大丈夫って……」

アンナはなぜか自信満々で、そのまま運転手に話しかける。

「ねえ、刑事撒けた？」

「簡単。この辺の裏道は知ってるし」

「さすがお兄ちゃん」

「お、お兄ちゃん？」

「そ。私の本当の兄よ。両親が離婚して苗字《みようじ》が変わったけど。元レーサーだから、運転もバッチリ」

バックミラー越しに運転している男を見ると、男もチラッと目線を上げて真琴と目を合わせた。

こんな犯罪まがいなことをするとは思えないほど誠実な目をしている。

「悪いが、もう少し付き合ってくれ、真琴君」

「でも、運転手さん」

「俺の名前は弘中禎久《ひろなかよしひさ》」

「は、はあ」

律儀に名前を教えてくれた弘中に、真琴は流されるまま頷いていた。

「ほら、電話して」

「え……誰に？」

「海藤会長に決まってるでしょ。今頃、捜し回ってるんじゃない？」

確かに、海老原に迎えの電話を寄越した後、姿を消してしまえば最悪の状況を考えているかもしれない。海藤のもとから逃げ出したと思われないかということだけが心配だが、もし最近の事情から考えて、海藤が一条会というところに乗り込んでいくようなことがあったら……それこそ、もっともっと大きな事態になるかもしれない。

「いいわよねえ、あんな素敵な男。男が好きというところだけ問題だけど」

人事《ひとごと》のように言うアンナを見ると、彼女がとても自分より年上には思えなかった。

もしも海藤がアンナの言うとおり金を用意したとしても、そのまま見逃すような男ではないはずだ。やり方はどうであれ、アンナにも事情があったようだし、少しでも早く海藤に連絡を取って安心させ、どうにかアンナたちを許してくれるように頼むしかない。

高橋との話をつけてくれるかどうかは海藤次第だが、アンナにもそこはあまり期待しないでもらいたい。

真琴は携帯電話を取り出し、そのまま登録されている番号を呼び出した。

「それ、会社？」

不思議そうに聞くアンナに、真琴は首を横に振る。

「いいえ、海藤さんの番号ですけど」

「すっごい！　あの海藤会長の直通番号っ？」

「……」

（テンション高いなあ）

電話は呼び出し音が二度鳴る前に繋がった。

『無事か？』

繋がるなりすぐそう聞いてきた海藤に、真琴はもうすべてがわかっているのだと知った。ただし、自分を連れ去った相手がアンナだとまで気がついているだろうか。

「はい、大丈夫です。あの……」

『条件はなんと言ってる？』

「条件、条件は……」

真琴が視線を向けると、アンナは人差し指を一本立てた。

「百、万円？」

首を傾《かし》げながら言うと、アンナは目を丸くして手のひらを上に上げる。

「もっと上？　え？　一千万円もっ？」

「違う！　一億よ！」

「い、一億ぅ？」

業を煮やしたアンナが思わず叫ぶと、それ以上に驚いた真琴の声が重なった。まったく縁のない金額が怖かったが、返ってきた海藤の言葉にそれ以上に驚く。

『そんなはした金でいいのか？』

「か、海藤さん！」

『取引き場所を教えろ』

「ま、待ってくださいっ、俺はっ」

「電話代わるわ」

自分の命なんかに一億円の値段がつくなんて考えられない。真琴は考え直してくれるようにと同時に今の自分の状況を知らせようとしたが、もう話はついたと思ったらしいアンナにさっさと携帯電話を取られてしまい、それから彼女は弾んだ声で話し始めた。

真琴の方は、未だ金額の大きさにショックを受けたままだ。

（俺が間抜けにも捕まっちゃったから……）

「一億円なんて、弁償できないよ……宝くじ……ダメダメ、可能性薄すぎる……ロト6でも買って……って、どれも確実な方法じゃないし……」

一生働いたって稼げるかわからない金額にパニックになり、頭の中で思っているつもりがいつの間にか口に出ていた。

それは運転している弘中の耳にも届いたらしく、彼は頬に笑みを浮かべて言ってくる。

「会長も君に金を返してもらおうとは思ってないはずだよ。でもまあ、一発で上手《うま》くいくとは思わなかったけど」

拉致《らち》されたという緊張感がまるでない車内に、真琴の方が気を遣ってしまう。

「このまま俺を解放してくれるってことできませんか？　俺、誰と一緒だったかなんて絶対言いませんから！」

「無理だな。アンナは一度口に出したことは遣《や》り通す、有言実行な女なんだ」

「……そんなとこ褒めないでくださいよっ」


海藤に電話してから一時間近く走った車は、いつの間にか赤坂《あかさか》の街並みを走っていた。

「どこに行くんですか？」

返事を期待しないまま聞くと、アンナは笑いながら答えてくれた。

「どうせ身元は割れているんだし、下手に人気のないところで待ち合わせて何かあるより、いっそ私の店で会った方がリスクが少ないと思って」

そう言われたらそんな気もするが、かなり大胆な気もする。

「そ、そんなものですか？」

「そうよ。……あ、ここ」

中心部より少し外れているが、人通りは多い好条件の立地にアンナの店はあった。

タクシーは店の真正面の道路に横づけされ、真琴はアンナに促されて外に出る。夕方といえる時刻だがまだ明るく、ムッとした空気が頬を掠《かす》った。

「このビルの三階なの」

そう言いながら歩き出そうとしたアンナは、向けた視線の先にいる人影を見て息を呑んだ。

「アンナさん？」

急に立ち止まったアンナを怪訝《けげん》そうに見た真琴は、アンナの視線を追って前を見る。そこには数人の柄の悪い男たちが立っていた。悪い予感がして、真琴は無意識のうちにアンナの前に立つと、先ほどから唇を震わせている彼女に尋ねた。

「知っている人ですか？」

「……高橋よ」

「え？」

確かそれは、アンナのパトロンだった男の名前だ。もう別れたようなことを言っていたが、あれは嘘だったのかと改めて目の前の男たちを見た。

「よくやったじゃないか、アンナ。頭の軽いお前にしては上出来だ」

中の一人、見かけはまるで銀行員のようにきっちりとしたスーツ姿の男が、皮肉そうに唇の端を歪めながら近づいてくる。どうやらこの男が高橋らしい。

「どうしてここが……」

「お前の店の黒服に金をやったら、今日の計画をペラペラ話してくれたぜ。大事な話は口の軽い奴の前じゃ慎むことだな」

「……あの馬鹿っ。……で、何しに来たの？」

初めは、アンナに騙《だま》されたのかと思った。油断させ、真琴が逃げ出さないように巧妙に仕向けてきたのかと。しかし、二人が交わす言葉を聞いていると、これがアンナにとっても予想外の出来事だというのがわかった。

だとしたら、この男がここに来た目的はいったいなんなのか。

「お前に用はない。そっちの男に」

少しも笑っていない目を向けられた真琴は、思わず後ずさった。

（気味悪い、この人……）

隣を見ると、さすがにアンナは強張った表情で男を見ている。真琴は思わずその細い手を握った。

「……」

アンナの縋《すが》るような視線に確証もなく頷いてみせると、真琴は降りてきたばかりのタクシーに視線を向ける。数メートル離れた場所からタクシーのサイドミラー越しにこちらを見ていた弘中も、この場の異様な空気を察したようだ。

降りてくるのではと心配した真琴だったが、タクシーはそのままその場から立ち去る。この男たちがタクシーを止めなかったということは、弘中の存在までは把握していないということだ。

弘中が海藤に知らせてくれるかどうかは五分五分だが、このまま三人とも拘束されるよりはよほど可能性は高い。

「お前が西原真琴か。……本当に男だったんだな。あの海藤が男になぁ」

男の言葉に周りにいた者たちも下品な笑い声を上げる。海藤と自分の関係を知っている上での揶揄《やゆ》なのだろう。

「海藤の慌てる姿をやっと拝めるな」

嫌な感じに口元を歪め、真琴を見定めるようにねっとりと見る男の視線から精一杯顔を逸らしながら、真琴は心の中で何度も海藤の名前を呼んでいた。

電話を切った海藤の顔には、つい先ほどまでの凄《すさ》まじい殺気は消え失せ、代わりに呆れたような表情が浮かんでいた。

「女ですか」

電話での内容はよく聞き取れなかっただろうが、途中から漏れた甲高い女の声は聞こえたはずだ。

確かめるように聞く倉橋に、海藤は苦々しく答えた。

「高橋の女だ。名前は思い出せないが、あの声と口調は聞き覚えがある」

「それなら、川辺アンナです。赤坂でクラブをやっているはずですよ」

そういった事情に詳しい綾辻が即座に告げる。

海老原から真琴の所在不明の連絡を受けた海藤は、すぐに真琴に持たせている携帯のGPSを調べ、大体の位置は確認した。その間も宇佐見から警護が撒かれたと連絡があり、なんのための尾行なんだと怒鳴りたいところを、低く押し殺した声で言った。

『税金泥棒だな』

海藤の怒りは、それで十分伝わっただろう。

それが、てっきり一条会絡みだと、最大級の戦闘準備をしていた中での暢気《のんき》な電話だ。

脱力もしたくなるというものだったが、もちろん真琴の無事な姿をこの目で見るまでは安心できない。

「どんな女だ？」

おぼろげな記憶しか残っていない海藤は、夜の世界に精通している綾辻に訊《たず》ねた。

「悪い女じゃありませんが、男運は悪くて……。高橋以前の男も、しょーもない奴ばっかりです」

「どうしてそいつが真琴を？」

「開成会の海藤会長に喧嘩を売るなんて、頭の良い人間ならしないでしょうから。多分誰かに唆《そそのか》されての金狙いってところが妥当かと」

倉橋も、先ほどまでの張り詰めた緊張感を少しだけ緩めて言う。確かに、頭の良い人間がする方法ではない。

「一億か。真琴の命をそんなに安く見積もられても腹が立つが……」

「それなら、今手持ちにありますので」

「欲しいならくれてやれ」

「その前に、お灸《きゅう》をすえた方がいいんじゃありませんか？」

楽しそうに言う綾辻を呆れたように見つめ、倉橋は海藤に視線を戻した。

「警察が気づく前にすませてしまいましょう」

「ああ」

真琴が攫《さら》われたらしいと連絡を受けた時、海藤はまるで自分の心臓がもぎ取られたような痛みを感じた。弱みがないはずの自分が、わざわざ手を伸ばして抱き込んだ存在である真琴に、たとえ擦《す》り傷でも負わせるのは絶対に許さない。

再び憤りのオーラを漂わせた海藤だったが、そこに内線がかかってきた。即座に取った倉橋は、しばらくして眉を顰める。

「どうした？」

「弘中という男から、会長宛てに電話がかかっているそうです。私が出ます」

かかってきたのは、世間にも知られている海藤の表の会社で、誰がかけてきてもおかしくはないのだが、このタイミングで至急という言葉に胸騒ぎを覚えた。

もちろん身元がわからない相手の電話に海藤はおろか、幹部の倉橋や綾辻も直接出ることはほとんどないが、今回ばかりは事情が違う。

「はい」

外線に繋げ、まずは名乗らないまま倉橋が電話に出る。だが、どうやら相手は無言のようだ。

「弘中さん？」

呼びかけながら倉橋は会話をスピーカーにする。静まり返った部屋の中、しばらくして相手が口を開いた。

『……海藤会長じゃないですね』

会長というからには組絡みの相手だと意識を切り替えた倉橋は、先ほどよりも声を落として訊ねる。

「用件は？」

『俺の妹が西原真琴さんを拉致したことはご存じですね？』

倉橋は海藤を見ながら言った。

「川辺アンナの身内ですか？」

『兄です。さっき取引き先のアンナの店まで行ったんですが、その場に高橋が現れました』

そこまで聞いた時、海藤が倉橋から受話器を取った。相手は目の前にいないが、その首に刃物を突き刺すような凍えた口調で問い詰める。

「真琴はどうした？」

声の変化で相手が海藤に代わったことに気づいたらしい弘中は一瞬息を呑んだ後、少し早口で続けた。

『相手は高橋を含めて五人です。アンナと一緒に店の中に連れ込まれたと思います』

「……お前、今どこだ？」

『店から一キロほど離れたところに。……申し訳ありません、妹を許してやってください。あいつも切羽詰まってあんなことをしでかして……』

「真琴は無関係だろう」

『……』

「連絡をしてきたことだけは考慮する。今から言う場所に来て、店の構造を教えろ」

海藤はそう言いきると倉橋と電話を代わり、自分は別の内線をかけた。

相手方が女ではなく高橋に代わった時点で、こちらも態勢を整えなければならない。

一刻も早く真琴を腕に抱きしめたいと焦る気持ちを押し殺して、海藤は電話口に出た相手に言った。

「腕の立つ人間を用意しろ。ムショに入っても構わんという奴もだ」

真琴が危険に晒されて、五体満足ですませる気は毛頭なかった。

そこからの倉橋と綾辻の行動は早く、やってきた弘中に店の中の間取りと状態をすべて説明させた後、事務所の一角に軟禁した。その際、もちろん海藤も立ち会い、弘中の言葉に嘘がないことを確かめ、無言のまま腹に拳《こぶし》を入れた。自分としては甘いくらいだが、腹を押さえて蹲《うずくま》った弘中の苦しげな顔を見ても、気持ちは一向に晴れることはなかった。

アンナが指定した時間は電話から三時間後だった。一億という金を用意する時間を考慮したのだろうが、そのくらいの金ならば常に事務所にある。

大幅に時間を短縮し、海藤が血の気の多い組員と共にアンナの店にやってきたのは、約束した時間よりも一時間ほど前だった。

（真琴……）

連れ去られてから二時間以上経っている。女だけならばまだしも、高橋という男がいる中で真琴は無事だろうか。身体に加えられる傷ももちろんだが、心に傷などつけられてしまったら……それこそ、怒りで相手を殺してしまうかもしれない。

「……ここか」

店の前まで来た海藤は、その時になって初めて一度だけ来たことがあるのを思い出した。三台連なった車の真ん中の車両から降り立った海藤の姿を見て、店の前に見張りに立っていた男が携帯電話で連絡を取っている。

「倉橋、手筈《てはず》どおりだ」

「はい」

視線を向けないまま言うと、倉橋はすべてを心得たように頷いた。

やがて、指示を受けたらしい男が、海藤の威圧感に怯《おび》えるように声を震わせて言った。

「海藤会長と、連れは一人で」

「一人？」

低い声で繰り返すと、目の前の男は見る間に青ざめる。

「そ、そうだ」

「……綾辻、ついてこい」

「は〜い。克己、留守番よろしく」

自分が選ばれたことに綾辻は弾んだ声で言い、そんな見た目とのギャップに呆気《あっけ》に取られている目の前の男に笑いながら言う。

「ふふ、楽しみ」

「……案内しろ」

その人選に口を出すこともできない男は、目に見えてビクつきながら二人をビルの中に連れて行く。

残された倉橋は、一緒に来た部下に言った。

「ここから誰一人、無傷で出さないように」


少し時間は遡《さかのぼ》り──。

足を踏み入れたアンナの店は、彼女の性格とは正反対のシックで落ち着いた雰囲気だった。まだ二十代半ばに見えるアンナがこれだけの店を構えることができたのは、やはり誰か強力なパトロンがいたからだと納得できる。

「ちょっと、店のもの壊さないでよねっ」

真琴と並んでソファに座らせられたアンナは男たちに言った。これから先のことに不安を抱いているだろうに、それでもなお強烈なバイタリティーを失わないのに感心してしまう。

だが、隣り合って触れる腕が震えているのに気づくと、真琴は男の自分がアンナを守らなければと強く感じた。誘拐した相手にそんなふうに思う自分はきっと馬鹿だ。しかし、明らかに弱い相手に威圧感を丸出しにしている男を前に、彼女を見捨てることなんてできない。

(俺だって、ピンチだけど……)

視線を感じて顔を上げた真琴は、自分たちの向かいに腰を下ろしている高橋と目が合った。

勝手に持ち出したボトルの酒をストレートで飲みながら、高橋は値踏みするような視線で真琴を見ている。

「まさかあの海藤が男に手を出すとはな」

「!」

不意に伸ばされた手で顎を掴まれ、海藤の指とはまるで違う気持ち悪さに真琴は身体を後ろに引いた。真琴が嫌がっているのが楽しいのか、高橋は笑いながら今度は髪の毛を鷲《わし》掴《づか》む。痛くて、怖くて、真琴は泣きそうに顔を歪めてしまった。

「ちょっと、変なことしないでよ！」

すると、アンナが割って入ってきた。ついさっきまで怖がって震えていたというのに、今は真琴のために高橋に文句を言っている。高橋はニヤけた顔のままアンナを見ると、

「きゃあ！」

いきなりその頬を加減なく引っ叩《ばた》いた。

華奢《きゃしゃ》な身体が吹っ飛んでしまうのを間近に見て、真琴は慌ててその身体を抱き上げる。頬が赤くなっているのを見ると、どうしようもない怒りが湧《わ》いた。

「女の人に何するんですか！」

「少し黙ってもらっただけだ」

「そんなのっ、口で言えばいいじゃないですか！　アンナさん、大丈夫ですかっ？」

高橋を無視してアンナを気遣っていると、襟首《えりくび》を強く引っ張られてそのまま立たされた。苦しくてその手を引き剝《は》がそうとすれば、いきなりくるりと向きを変えさせられ、容赦なく頬を打たれる。

衝撃はもちろんあったが、理由もなく誰かに手を上げられたのは初めてで、奮い立っていた気持ちから一転、考えまいとしていた恐怖が一気に襲ってきた。

「お前がアンナの代わりになればいい。その覚悟があるんだろう？」

「……っ」

頬が熱い。アンナのことを庇《かば》うつもりでいたはずなのに、またこの痛みを受けるのかと

思うと、怖くて怖くてたまらなかった。

怯える真琴を見て、高橋がにやりと笑う。いたぶる相手を見つけたような高橋から逃れようと後ずさった時、一人の男が駆け込んできた。

「会長っ、海藤が来たようです」

（海藤さん……来てくれた……）

自分のせいでこんなところまでこさせてしまったことを申し訳ないと思う反面、強張った身体から力が抜けるほどに安堵したのも事実だ。

高橋も真琴のことよりすぐに海藤へと意識を向け、駆け込んできた男に指図をした。

「ボディーチェックしてから入れろ。供は一人だけだ」

「はい」

男の姿が外に消えると、高橋はアンナを立たせて少し離れたボックス席に放り投げ、その場に立ち尽くしていた真琴の腕を摑んで再びソファに腰を下ろす。緊張しているのか目は笑っていなかったが、それでも真琴がこちら側にいることで自身の優位を確信しているのか、口元の皮肉気な笑みは消えていない。

「あ……！」

しばらくして、先ほどの男を先頭にして海藤が姿を見せた時、真琴は突然涙が溢《あふ》れてしまった。自分でも知らないうちに気を張っていたのだろうが、その緊張が海藤の姿を見た瞬間、一気に途切れてしまったのだ。

　店の中に入ってきてからずっと、海藤は真琴へ視線を向けていた。自分の方が痛みを感じているように目を細め、次には安心させるように頷いてくれる。高橋の姿を見ても驚かないということは、弘中が連絡してくれたのだろう。真琴は心配が幾分減ってほうっと深い溜め息を漏らした。

　しばらくの間、黙って真琴を見つめていた海藤は、やがてその隣に腰を下ろしている高橋に視線を移した途端、凄まじい殺気を隠そうともせずに言った。

「ずいぶん舐めた真似《まね》をしてくれたな」

「……」

「俺のものに手を出すことがどういうことか、その空っぽの頭じゃ想像もできないようだ」

　海藤の挑発するような物言いに、余裕を見せつけていた高橋もさすがにムッとしたらしい。

「あなたがなかなか私の話を聞いてくれないからですよ、海藤会長。それにしても、どんな女でも選び放題のあなたが、たかがこんな男に入れあげてるなんて、噂っていうのは案外真実もあるんですね」

「たかがとは聞き捨てならんな」

「ずいぶんご執心のようで。こんなところに会長自身が来るとは、正直、半信半疑でしたがね」

「……」

「私がここにいるのを見ても少しも驚かない。知らなかったとしたらずいぶん度胸がいいというか……知っていたとしたら、その情報収集力を見習いたいものですよ」

「お前には無理だな」

二人の口調は喧嘩腰でないだけにかえって恐ろしく、真琴はハラハラした気分で見ているしかない。

その視線がふと海藤の背後に行った時、そこにもう一人の味方を見つけて真琴の涙で潤んだ目は丸くなった。

（綾辻さん？）

こういう場面で海藤の側にいるのは倉橋だと無意識に思い込んでいた真琴は、思いがけない綾辻の登場にただ驚くしかない。

真琴の視線に気づいた綾辻は、場違いに思えるほどにっこり笑うと、ヒラヒラと手を振ってきた。

「……っ」

（だ、大丈夫なのかな、綾辻さん）

真琴の顔を見た瞬間、その頬が赤くなっているのにすぐに気づいた。打たれたのだと思った瞬間、海藤の全身を怒りの炎が包む。真琴の前でなければ、このまま高橋を死ぬ方が楽だという目に遭わせていたはずだ。

自身の欲のためになんの関係もない真琴を利用しようとしたということはアンナも同罪だが、同じ生業《なりわい》に身を置く者として、素人に頼るしかなかったのかと思うと唾棄《だき》すべき男だとしか思えない。

海藤はゆっくりと高橋の向かいのソファに腰を下ろした。

真琴の隣に高橋が座っているのはかなり腹立たしいが、とりあえず制裁するのは後にして、しかし射殺す勢いの視線で高橋を見据えた。

「で、そいつを人質にしてまでのお前の言い分はなんだ」

「たいして難しい話じゃありませんよ。開成会を欲しいなんてだいそれたことも思っちゃいない。ただ、私の後ろ盾になって欲しいんです。この世界じゃ新参者の私なんか足元にも及ばないほどあんたは有名人だ。そのあんたが後ろにいると言えば、たいていの話は通るようになる」

見当はつけていたが、この男は本当に馬鹿だ。

この世界、確かに後ろ盾は重要だが、最終的には個人の力量がものを言う。

その点、海藤を怒らせた時点で、高橋はすべての可能性を閉ざした。

「その話ならとうに断ったはずだが」

「だから、あんたのオンナに協力してもらってるんですよ」

オンナという響きに、真琴の頬が強張るのを見た海藤は眉を顰める。真琴は使い捨てできるような存在などではない。欲しくて、側にいてもらいたくて、縛ることさえもできないほど大切な恋人だ。

下種の勘繰りで真琴を貶《おとし》めた。それだけでも、高橋は罰を受けなければならない。

「……それでも断ると言ったら？」

「丸腰の、それもオンナをカタに取られて言えますかね」

自分の優位を確信している高橋は、軽く服の上から自分の胸元を叩いた。その仕草で、そこに何を忍ばせているかわからせるためだ。これほど至近距離で、しかも人質を取られていて、簡単に切り抜けることはできない……そんなことを考えての余裕なのかもしれないが、海藤からすればそんなものは単なる飾りでしかない。

本物の殺意というものは道具など必要ないのだということを、この男はもうじきその身で知ることになる。

海藤は口角を上げた。その笑みに、高橋が息を呑むのがわかった。

「丸腰だと、なぜわかる」

「ボディーチェックをしましたからね」

「その場に自分がいなかったのにわかるのか？」

自信に満ちた海藤の言葉に、高橋は急に胸騒ぎを覚えたらしい。命令はしていても、海藤相手に下っ端の人間が念入りなチェックをできただろうかと不安になったのだろう。

海藤が言っていることが嘘か本当か、どちらか決めかねたらしい高橋は、隣で不安そうな顔をしている真琴の腕を摑み、内ポケットに忍ばせていた銃を取り出そうとした。言葉で脅すだけでなく殺意を明確にして、海藤の言質を取るつもりだったのか。

しかし、

「うっ！」

「遅い」

瞬時に立ち上がった海藤は胸元に伸ばした高橋の腕を摑んで捻《ひね》り上げ、とり落とした銃を足で踏みつけた。頼る武器をなくした高橋はとっさに真琴の首に腕を回そうとしたが、海藤は拳銃を踏んだ足を振り上げ膝に蹴《け》りを入れると、崩れ落ちた高橋の額にゆっくりと拾い上げた銃口を押し当てる。

高橋から振り払われる形で数歩離れた真琴の驚きに包まれた顔が目の端に映るが、こみ上げた怒りは治めようがなかった。

海藤の動きとほぼ同じく、自分のボスの危機に高橋の部下が焦ったらしく銃を構えようとしたが、易々《やすやす》とその動きを押さえたのは綾辻だ。

「あら、話の邪魔しちゃダメじゃない」

笑いを含んだ声で言いながら、自分より体格のいい男の腕を軽く後ろ手にして拘束する。

バキッと鈍い音がし、男は意味不明な声を上げながら床を転がった。

「や〜だ、折れちゃった」

まさか綾辻のような細身の男に、それほどの力があるとは想像もしていなかったのだろう。だが、外見の華やかさや女言葉に目くらましをされがちだが、綾辻は相当の手練《てだれ》で大東組系列の中でもかなり有名だ。それを知らないというのは、この男がかなりの下っ端だということだ。

異変に気づいた二人の男が中に飛び込んできたが、綾辻は軽く身をかわして足を引っ掻《か》け、床に蹲った男の背中を躊躇《ちゅうちょ》なく足で踏みつける。もう一人は背後から拘束し、華やかな笑みを浮かべながら手の指を折っていた。

ほんの数分の間の出来事だ。男たちの異様な呻《うめ》き声が部屋の中に響き、海藤はただ目の前の高橋を見据える。

「……っ」

圧倒的に優位なはずだった自分が一転、窮地に追い込まれたことを悟り、高橋の顔は青ざめ、額には脂汗が滲《にじ》んできた。海藤に蹴られた部分が痛むのか、まともに立ってもいられないようだ。

そんな高橋を海藤はさらに追い詰めた。

「お前はよっぽど部下に慕われてないらしい。ボディーチェックは信用する部下にやらせるか、自分でするのが間違いないな」

自分の利益しか考えないトップについていく人間は少ない。ましてや、このヤクザという特殊な世界の中では上下間での確かな信頼関係がなければ、命を賭《か》けて従う者など皆無だと言ってもよかった。

簡単に部下に見放された高橋は、所詮《しょせん》上に立つ器ではなかったということだ。

「安全装置は外してある。好きなだけ弾を食わせてやるぞ」

「お……前……っ」

「あのままおとなしくしていれば、少なくともお前を眼中には入れなかったがな。真琴に目をつけた時点で、お前の道は閉ざされた」

「わ、私を殺せば、ムショ行きだ……っ」

「俺には代わりに入りたいという奴らが大勢いる。大体、死体がなければ犯罪は立証できないだろう」

海藤の言葉に高橋は完全に敗北を受け入れるしかなくなり、情けなくその場に尻もちをついて震えている。ズボンの色が変わったのは失禁したのだろう。

「どうする？　このまま楽になりたいか？」

突きつけられている銃は微動だにせず、高橋の眉間を狙っている。

少しの迷いもなく銃を握っている海藤の手は震えることもなかった。既に海藤にとって高橋は無視すればいい輩《やから》ではなくなり、排除すべきゴミになり果てていた。

「わ、わかった、何をしたら助けてくれるっ？　組の解散かっ？　いいぞ、あんな役にたたない奴ら、こっちから願い下げだ！」

もはや高橋は自らの命乞《ご》いしか頭になく、自分が命じたはずの部下たちさえも簡単に見捨てようとしている。これが人の上に立つ者かと哀れにさえ見えた。

「……そこに転がっている奴らもか」

「そんなオカマにやられるなんて恥だなっ」

「……酷い」

高橋の態度に、それまで呆然《ぼうぜん》としていた真琴が顔を歪め、嫌悪したように呟く。

その声が耳に届き、海藤はようやく真琴へと視線を向けた。

「……真琴」

本来なら、真琴には自分の裏の部分は見せたくはなかった。

人にぶつける恫喝《どうかつ》に、躊躇《ためら》いなく加える暴力。殺意を持って銃を突きつけた自分の姿を目の当たりにした真琴は、それでも自分の側にいてくれるのか。自分からは真琴を手放すことができないくせに、その一方で裏の顔を知ってもなお、真琴が側にいてくれるのかどうか、真琴の想いがどれほどのものなのか——知りたかった。

拒絶や嫌悪の目で見られたら自分はどうするだろうか。先が読めないということがどんなに不安かということを、海藤は真琴と出会って初めて知った。そればかりではない、真琴と知り合ってからいろいろな初めての感情を知ることになったが、その甘く苦しい感情は嫌なものばかりではなかった。

「海藤さん!!」

審判を受けるつもりで見た真琴の目の中には、恐怖も、怯えも、嫌悪の色もなかった。迷いなく、まっすぐに自分の側に駆け寄ってきた真琴を、海藤は愛《いと》しくてたまらずに強く抱きしめる。

「怖い思いをさせて、悪かった」

首を横に振って否定しながらも、その身体はまだ震えている。人に暴力を振るわれ、どれほど怖い思いをしただろう。真琴にこれほどの恐怖を与えた高橋を、海藤は冷たい眼差しで見つめた。

「真琴、あいつに何をされた?」

「何って、何も……」

「どんな小さなことでも隠すな。溜まればそれがお前のしこりになってしまう」

だが、真琴は何も言わない。赤い頬は痛々しいくらいなのに、これ以上の制裁を見たくないのか、大丈夫だという言葉を繰り返した。

さらには、アンナのことも懇願してくる。

「アンナさんとお兄さんのこと、許してあげてください。二人とも、切羽詰ってしたことみたいだし、俺には優しかったし」

「真琴」

「はい？」

「俺の前で他の男を褒めるな」

「ご、ごめんなさい」

真琴が慌てて謝ると、男を足蹴にしたままの綾辻が面白そうに笑った。

アンナも真琴以上に顔を赤く腫《は》らしていたが、自分のしたことに自覚があるのか俯きがちにして立っている。

アンナがしたことは見逃せないが、兄である弘中が今回のことを即座に伝えたからこそ、海藤も素早く動けたのは確かだ。もちろん、今後馬鹿なことを考えないように釘《くぎ》をさす必要はあるが。

「会長が焼きもち焼くとこ初めて見たわ」

自分には似つかわしい言葉ではないが、それが一番近い感情かもしれない。

海藤はこれ以上、真琴が他の人間を見ないようにしっかりと胸の中に抱きしめた。

真琴が気にしているアンナや弘中の処置は後回しにするとして、海藤はまず目の前の男に引導を渡すことにした。

「お前の持っているシャブのルートをサツに流した。今頃、相手はかなりのダメージを受けているだろう」

「！」

それは、一条会にとって一番大きな資金源だ。そこが潰《つぶ》されれば、まず財政は危機に陥る。その上、取引きの相手にまで警察の手が及んでしまえば、相手の報復を覚悟しなければならない。

「お、お前……っ」

「おとなしく向こうの制裁を受けるか、警察に庇護《ひご》してもらうか、好きな方を選べ」

「く……っ」

高橋にしても命は惜しいはずだ。しかし、警察に逃げ込んでしまえば、もう一生この世界に戻ることはできない。いや、損失分を取り返すために死ぬまで追われるだろうし、他の組の連中には裏切り者として、負け犬として、蔑まれる生活を送るしかないのだ。

「たっ、助けてくれないかっ？　あんたの傘下にしてくれ！」

「断る」

「海藤会長！」

「自分の部下を捨てて、自分だけ助かろうとする、そんな奴の入る隙間《すきま》は開成会にはない」

そう言い捨てると、海藤は真琴の腰を抱きよせた。

「この場所はサツとお前の取引き先に同時に伝えた。どちらが先に来るか楽しみだな」

「たっ、助け……」

「お前の何よりの罪は、こいつを利用したことだ」

海藤はそっと真琴のこめかみに唇を寄せた。

「愚かな自分を後悔しろ」

そのまま真琴を連れて外に出ると、店の前には倉橋をはじめ十数人の男たちが取り巻くように立っていた。

「真琴さん、ご無事で」

海藤に抱かれるように出てきた真琴を見て、倉橋は端正な頬に安堵の笑みを浮かべた。

海藤のすることに間違いはないと思っていても、やはり実際に無事な姿を見ないと安心できなかったのだろう。倉橋がこんなふうに表情を崩すのは珍しく、それだけ真琴のことを気に入っているのだとわかった。

倉橋は真琴から海藤に視線を移し、すぐに状況説明を始める。

「手筈どおりです。間もなくどちらかが到着するでしょう」

「先にどちらが押さえるか見ものだな」

「配置につけた者はどうしますか？」

「解散させろ。思った以上に骨のない奴だった。これなら俺一人で十分だったな」

「会長をお一人でこさせることなんてできません」

倉橋は生真面目《きまじめ》に答える。

すると、後ろから出てきた綾辻が突然倉橋に抱きついた。

「か～つ～み～、私も褒めてよ、よくやったって」

「……綾辻、離れなさい」

あからさまに嫌がる倉橋の素振りも、綾辻にはまったく関係ないらしい。

「ね～、マコちゃん、私活躍したわよね？」

「は、はい、綾辻さんって強いんですね。びっくりしました」

「ほら」

得意げに胸を張る綾辻に倉橋は深い溜め息をつくと、「ご苦労様でした」と告げ、自身よりも少しだけ背の高い綾辻の頭を犬にするように軽く撫《な》でていた。

マンションに戻った真琴はリビングの真ん中に立つと、はあ～と安心したように大きな息を吐いた。

（ちゃんと帰ってこられた……）

こんなに安心できるなんて、自分にとってこのマンションが既に帰る場所になっていることに改めて気づかされる。

たった数時間、それでも真琴にとって一生に一度あるかどうかの強烈な体験だった。

無事に帰ってこられたことに安堵した後、助けてくれた海藤に改めて礼を言おうと振り向きかけた真琴は、その前に後ろからすっぽりと抱きしめられた。海藤がいつもつけている香水の香りとわずかな煙草《たばこ》の匂いが混ざり合って、海藤という男の香りを作り出している。

真琴はこの香りが好きだった。

「真琴、お前何か気がかりなことがあるな？」

「え？」

「言ってみろ」

安堵しているくせに、どこかで胸のつかえのような思いを抱えていることに海藤はとっくに気づいていたらしい。誤魔化すこともできないなと少しだけ笑い、真琴は胸の前に回っている海藤の腕をギュッと摑んだ。

「……本当は、いろんなこと考えたんです。海藤さんの家のこととか……結婚のこととか」

「結婚？」

思いがけない言葉だったのか、海藤は珍しく戸惑ったように呟いた。

海藤が思っていた気がかりなこととはもしかしたら先ほどの拉致のことで、本当は何かされたのではないかと疑っているのかもしれない。先ほどのことは普通に生活していれば絶対に起きないことで、海藤の側にいたらこの先ももしかして同じようなことが起きるかもしれないと頭を過《よぎ》ったのは確かだ。

しかし、そうであっても今の真琴は海藤と離れるという考えはない。真琴にとっても既に海藤は大切な恋人だった。助けに来てくれたのも、とても嬉しかった。

だからこそ、宇佐見に言われて頭のどこかに消えずに残っていた言葉に、今なら答えが出せるような気がする。

「本当はちゃんと女の人と結婚して、子供もできて……。海藤さんのご両親もそう思ってるんじゃないのかなって」

「……誰が言った？」

海藤は真琴の身体を反転させて正面から向き合うと、その顔を覗《のぞ》き込むようにして聞いてくる。だが、それは誰が言ったのかは問題ではないのだ。

「いいんです、もう。俺の気持ちは決まったから」

「真琴？」

「誰が相手でも、俺、海藤さんを渡すつもりないですから」

助けに来てくれた海藤の姿が目に入った瞬間、真琴はそれまで頭の中でモヤモヤしていたことが一瞬で弾《はじ》け飛んだのを感じた。子供の言い分かもしれないが、こんなに大好きな人を、誰かに渡すなんて考えられなかった。

「大好き、です」

恥ずかしかったが、はっきりと告げたかった。すると、次の瞬間、攫うようにその身体を抱き上げられる。

「か、海藤さん？」

「悪い、今すぐ抱きたい」

「え？　あ、あの、お、お風呂！　お風呂入らせてください！」

考えていなかったとは言わないが、あまりに早い展開に真琴は思わず抵抗するように足をバタバタさせる。しかしどんな抵抗も、今の海藤にとっては誘いにしか見えないようだ。

「どうせ濡れるんだ。風呂は後で入れてやるから」

絶句した真琴の唇に、海藤は噛《か》みつくようなキスをしてきた。

ベッドに移動した途端、自分で言ったようにかなり余裕がないのか、海藤はいつものように丁寧に服を脱がすことはせず、ほとんどボタンを引きちぎる勢いで真琴のシャツを脱がせた。

「んん……っ」

その間も貪《むさぼ》るような口づけは止まらず、真琴は口中をくまなく愛撫する海藤の舌についていくことができずに、ただ求められるまま受け入れるしかない。だが、頬の裏側のある一点を舌が掠めた時、ピリッとした痛みが走って思わず口の中の海藤の舌を噛んでしまった。

「ご、ごめんなさ……っ」

唇を離した海藤は、少し離れて真琴を見たかと思うとそっと手を伸ばして頬に触れてきた。

「……っ」

すると、また少し痛みを感じる。

「すまない……痛かっただろう」

海藤の言葉に、自分が頬をぶたれたことを今さらながら思い出した。多分、歯で切ってしまったのだろう。あの時はあんなに怖い思いをしたのに、ちゃっかり忘れていた図太い自分に笑いが零《こぼ》れた。

「……真琴?」

「謝らないでください。こんなの、なんでもないです」

いつまでも自分が痛がってると、海藤がそれだけ気にしてしまう。海藤のせいじゃないのに、罪悪感なんて持って欲しくなくて、真琴は海藤の両頬を掴むと今度は自分から唇を押し当てた。

「……っつ」

舌を絡めればまだ痛みを感じるが、意識的に求めていくとだんだんとその感覚は鈍くなる。そんな真琴の様子に海藤も安心してくれたのか、一度強く抱きしめてくれた後、首筋に顔を埋めて歯を立ててきた。

服越しに感じる海藤の下半身も既に硬くなっていて、真琴は急に恥ずかしくなって全身が熱くなるのがわかる。

「ほら、腰を上げて」

「は……い……っ」

言われるままぎこちなく腰を上げると、下着ごとジーンズを脱がされた。その間も、肌に軽く歯を立て、その上からキスをするという行為を繰り返される。まるで真琴が自分のものだと刻みつけるようなそれに、敏感な真琴の身体はすぐに反応した。

真琴は完全に勃ち上がった自分のペニスを隠そうと手を伸ばすが、いち早くその手は海藤に押さえられ、そのままペニスを口に含まれた。

「あぁ！　あんっ、あぅ！」

手での愛撫ももちろん気持ちがいいが、口腔内でされる愛撫は我慢できないほどの快感があった。

竿の部分から先端部分まで、唇で、口腔で、海藤は休む暇も与えずに愛撫を繰り返す。

女相手に使ったことのない真琴のペニスは刺激に弱く、海藤の愛撫に蕩《とろ》かされ、とめどなく快感の涙を流し続けた。

「ひゃ……ぁっ」

たちまち高まった真琴は、呆気なく射精してしまう。

真琴のペニスから吐き出される精液を口で受け止めた海藤は、それをそのまま片手に吐き出すと、今度は力が抜けた真琴の片足を肩に担ぎ上げて足を広げ、まだ硬く閉ざされたままの尻の蕾に塗り込み始めた。

「い……たっ」

何度抱かれても、始めのこの瞬間には痛みを感じてしまう。いや、痛み以上の猛烈な羞恥にどうしても身体に力が入り、そのせいで指さえもなかなか入らないという悪循環を迎える。いつもならそんな真琴のペースに合わせてジェルなどを使ってくれる海藤も、今日はそのわずかな手間さえ惜しいかのようにキスを繰り返しながら、その手を止めることはなかった。

蕾を解す海藤の長い指が一本から二本になり、引きつれたような痛みが断続的に襲うが、真琴はそれを与えているのが確かに海藤だと涙で滲む目で見つめながら、ギュッと背中に回した手に力を込めた。

これをちゃんとしなければ、海藤を受け入れられない。男同士のセックスは本当に時間と手間がかかってしまうが、同時にそれだけの時間お互いを思いやることもできた。

(で、でも、やっぱ、り……恥ずかし……っ)

長い指が内壁を擦り上げる。ぐっと押し広げられ、真琴の腿《もも》が引きつれる。

「あ……っ、はっ」

無意識のうちに痛みを逃すように腰を浮かした真琴は、そのままぐっと支えられた。

「すまん……あまり慣らしてやれないが、とにかく入らせてくれ」

「え……？」

目の前には、何かに耐えるかのような海藤の顔がある。熱を孕《はら》んだ目は一心に真琴を見つめていた。

海藤はまだシャツの前を肌蹴《はだけ》ただけの姿だったが、手早くファスナーだけを下ろしてズボンの前をくつろげ、既に支える必要もないほど雄々しく勃ち上がったペニスを真琴の蕾に押し当てる。

ニチャッと微《かす》かないやらしい音が耳に入り、真琴は思わず目を閉じた。

「力を抜いていろ」

「……っつ！」

待ってと言うより先に、鈍い衝撃が真琴の下半身を襲った。

音のない寝室には、真琴の喘《あえ》ぎ声と粘膜を擦り合う音、そして激しく身体がぶつかり合う音が混ざり合って響いている。

「うぁっ、あっ、はっ、あぁっ」

一度中に出されたせいでしとどに濡れた真琴の中は、初めよりもスムーズに海藤を受け入れていた。ペニスが出し入れされるたびに、結合した部分からは白い泡のようになった精液が零れ出ている。耳を塞《ふさ》ぎたくなるような猥《みだ》らな音は、同時にゾクゾクとした背徳感を伴う快感を誘発していた。

真正面から向き合う姿で抱かれているので、海藤の律動に身体を揺さぶられながら、涙で潤んだ目を必死に自分を抱く男に向ける。眼鏡を外した端正な海藤の顔。いつもは綺麗に撫でつけられている髪は乱れ、微かに眉を寄せ、額に汗を滲ませながら真琴を攻めている。

そんな海藤の姿を見ると、この行為に溺れているのが自分だけではないのだと、自分が海藤に溺れているように、海藤も夢中になってくれているのだと信じることができた。

「かっ、かいどっ、さっ、あっ！」

何度も抱かれて、自分の身体はすっかり海藤の色に染められた。

イキっぱなしのようにペニスから零れる精液も、喘ぎ続ける口の端から零れる唾液も、本当は恥ずかしくて絶対に海藤にだけは見せたくない姿だ。しかし、そんな一番みっともない姿を見せることができるのも、海藤しかいなかった。

「真琴、口、開いて」

言われたように口を開くと、すぐに海藤の舌が進入してくる。

他人の唾液を飲み込むなど考えられなかったが、海藤はそんな真琴の羞恥も理性も一瞬のうちに飛ばしてしまう。先ほどまで感じていた痛みも、もうとっくに意識の外になっていた。

「ん……ふっ」

絡み合う舌と、互いに交換し合う唾液。

海藤のそれは甘くさえ感じる。

「お前はキスが好きだな」

「すっ……きっ」

「キスが？」

「かいど……さ……がっ」

「……これ以上、俺のたがを外すな……っ」

急に激しくなった海藤の動きに比例し、太く長いペニスが真琴の中の気持ちのいい場所を突き擦る。

「まっ、ま……っ」

「待てないっ」

口づけの仕方も、男の受け入れ方も、すべて海藤が教えてくれたとおりに身体が覚え、そのとおりに反応する。

「はっ、あぁっ、あっ！」

吐き出した自分の精液を真琴の中の隅々にまで塗り込めるように巧みに動く海藤は、今は服を脱いで全裸を晒していた。こうしてピッタリと裸の胸を合わせると、互いの心臓の鼓動も聞こえて安心する。

身体に痕《あと》をつけられるのは恥ずかしいが、それで海藤が安心し、彼のものだという証《あかし》になるのなら受け入れることができた。

海藤も、自分の前でならすべてを晒すことができると言ってくれた。直接肌に触れ、お互いの汗も精液も混ざり合うほど密着し、唯一繋がることのできるペニスを真琴の蕾に突き刺す時、ようやく真琴を手に入れた安心感を得るのだとも。

そんなふうに思う海藤が、なぜか悲しかった。何気ない触れ合いや、交わす言葉だけでは人を信じることができない彼が、寂しいと思った。しかし、信じたいと思ってくれているのは確かだ。いずれ、自分のことだけは無条件で信じてくれるようになるのなら、こんなに嬉しいことはない。

「い……いっ！」

「ほら、自分でも動かしてみろ」

「う……んっ」

耳元で囁《ささや》かれ、真琴は従順にその言葉に従う。

まだまだぎこちない動きながら、少しでも海藤に快感を与えようと懸命に腰を振った。

「……愛してる」

「！」

海藤の言葉に、キュウッと、まるで海藤自身を抱きしめるようにペニスを包む内壁が締まる。

「お……れも……っ」

「ん？」

「俺も……愛してる……っ」

こんなにも好きになるなんて、思ってもみなかった。すべての愛情をぶつけるような海藤の律動が、真琴の言葉でよりいっそう激しいものになる。

「ふぁっ、あっ、あっ！」

既に真琴は腕に力が入らなくなり、海藤の背中に回していた手がだらりと滑り落ちた。寂しいと思う間もなく、今度はその手に海藤の手が重なって強く握り締めてくれる。

手も、胸も、下肢も、全部がピッタリと重なった。

何度も何度も身体の中をかき混ぜられ、次第に痺《しび》れてきた下肢に熱の波が襲った瞬間、

「あぁぁ……っ！」

「……っつ」

ぐっとひときわ強く突き上げられ、真琴は海藤の腹を濡らして何度目かの射精をした。

ほぼ同時に海藤の動きはさらに加速し、イった瞬間の内壁の強い締めつけの中を押し入るように深く侵入したペニスが爆《は》ぜた。大量の精液が真琴の中を濡らし、浸透していく。

「ん……っ」

一滴残らず真琴の中にすべて注ぎ込んだ海藤は、まだペニスを収めたまま、未だ荒い息

の真琴の目元にそっとキスをしてくれた。涙で潤む視界には、綺麗な海藤の顔が優しく笑んでいるのがわかる。

「かい、ど……さ……」

「真琴」

名前を呼び合うだけで、嬉しい。

「……まずい」

「……え？」

「このまま出たくないな」

海藤が零した呟きに、真琴は思わず笑ってしまった。その振動で、まだ萎《な》えていない海藤のペニスの形さえリアルに感じ取れてしまった。

本当は、もうクタクタに疲れていた。できることなら、この幸せな気持ちのまま眠ってしまいたいくらいだ。

でも、そんな身体の事情とは裏腹に、真琴の気持ちは――。

「お……れも……もっと……欲しい……」

「ま……こと」

「俺の中……もっと、海藤さんで……いっぱいにして……」

「……っ！」

真琴の無意識の媚態《びたい》に、まだ真琴の中に入ったままの海藤のペニスが再び大きくなってしまい、そのまま蠢《うごめ》く真琴の中を押し広げるように突き上げを始める。

「しばらく寝かさないぞ……っ」

長い夜はまだ終わらなかった。

翌朝、案の定まったく腰の立たない真琴は、海藤から甲斐甲斐《かいがい》しい世話を受けた。

お姫様抱っこのまま運ばれ、リビングのソファに座らされると、真琴の好きな手作りかぼちゃスープを出してもらい、わざわざスプーンで飲ませてくれた。

シャツを肘《ひじ》までまくり、ギャルソン仕様のエプロンを身に着けている海藤は、今朝は休日のつもりなのか眼鏡をかけていない。その素顔が昨晩《ゆうべ》の海藤の顔と重なってしまい、真琴は身体が熱くなってしまうのを誤魔化すのに一苦労した。

ぶたれた頬は、赤色から面白いくらい青く変色してしまった。海藤はすぐに冷やさなかった自分を責めていたが、求めたのは真琴も同じなので謝らないで欲しいと頼んだ。

女の顔ではないのだ、このくらい時間が経てばなんともない。

「ひ、一人で食べれますから」

「いいから、ほら、口を開けろ」

恥ずかしさと申し訳なさで真琴は何度も遠慮しようとしたが、海藤は笑みを浮かべて軽いキスをくれると、そのまま世話を続けてくれた。

「海藤さん、仕事の時間……」

「今日は休みだ。お前もバイトは休め」

「う……はい」

この顔ではもちろん、そもそも身体が動かないのではしかたがなく、海藤が持ってきてくれた携帯電話でバイト先に断りを入れると、真琴はソファに背もたれたまま海藤に礼を言った。

「すみません、迷惑かけちゃって……」

自分はまだパジャマ姿だ。これも、海藤が着せてくれた。

「迷惑とは思ってない。それに、原因は俺だしな」

「!!」

からかうような言葉に真琴が真っ赤になった時、来客を告げるインターホンが鳴った。

カメラで確認した海藤がすぐに上がるように告げていたので、きっと倉橋か綾辻が来たのだろう。

パジャマのままではと着替えようとした真琴だったが、まだ足に力が入らず、かえって深々とソファにめり込んでいってしまう。

「か、海藤さんっ」

せめて寝室に連れて行ってもらおうとしたが、海藤は真琴の髪を一撫でして言った。

「そこにいろ」

「でも、こんな格好で……」

みっともないと言おうとした真琴だったが、海藤はまったく別の意味を考えていたようだ。

「お前のそんな可愛い姿は見せたくないがな」

「……っ」

気恥ずかしくなった真琴は、膝にかけてもらっていたブランケットで思わず顔を覆ってしまった。

間もなく、海藤が玄関先まで迎えに行ったのはやはり倉橋だった。

「こ、こんな格好ですみません」

「いいえ、お気になさらず」

いつものように丁寧に挨拶をする倉橋は、真琴の格好を見ても少しも表情を変えない。そして。

「そ〜よ。恋人たちの愛の営みは大切なものなんだから、恥ずかしがってちゃ駄目。ね、克己」

「……あなたは少し恥というものを知ってください」

なぜか綾辻も一緒だった。

明らかに面白がっているふうな綾辻の言葉に真琴はさらに赤くなったが、倉橋はそんな綾辻を一喝《いっかつ》しコーヒーを入れた海藤に深々と頭を下げた。

「ありがとうございます」

「いや」

「会長に接待されるなんて、光栄の至りだわ」

さっさとコーヒーを口にする綾辻を倉橋は軽く睨むが、真琴は気まずく感じていた場を和やかにしてくれた綾辻にホッとする。

海藤も綾辻の態度をまったく気にしていないらしく、真琴の隣に腰を下ろして倉橋を促した。

「早くに伺いましたが、真琴さんも経過をお知りになりたいだろうと思いましたので。よろしいですか？」

どうやら、アンナたちのことを気にしていた真琴のために、海藤がわざわざ倉橋をマンションに呼んでくれたようだ。

真琴は海藤に感謝の視線を向けた後、真正面から倉橋を見つめた。

「お願いします」

「それでは報告します。川辺アンナは店を閉めさせ、大阪に下りてもらいました。これから傘下の店で働いてもらいます」

「……お店、閉めちゃうんですか……」

もともと店のために真琴の拉致を考えたアンナにとって、それは本末転倒だっただろう。

真琴にとっては災難だったが、やはり気持ちのいい結末ではない。

思わず落ち込んで暗い顔をした真琴に、倉橋は宥《なだ》めるように説明した。

「真琴さん、今彼女にあのまま店を続けさせても、いずれまた同じような問題が出てきたはずです。二十代であれほどの店を構えるには、彼女は力不足だったんです。それでも生活力旺盛《おうせい》な方のようですから、やる気になればきっとまた上がってきますよ」

真琴は海藤を見る。

「もう少し厳しい対処をしたかったが……お前があの兄妹に同情したからな。倉橋が言ったように、あの女ならまた這い上がってくるだろう」

真琴にとってはこれだけでも十分厳しいと思うが、本来なら組の代表である海藤を脅迫しようとしたアンナには、もっと厳しい対応をしなければ示しがつかないのかもしれない。

それを、真琴のことを思ってそういう結果になったのなら、真琴にはこれ以上何も言うことはできなかった。

「……そうですね」

真琴の感情が少し落ち着いたのを見計らって、倉橋は話を続けた。

「次に、兄の弘中禎久ですが、彼はうちで預かることになりました」

「え？　預かるって？」

「彼のドライバーとしての腕は本物ですし、今回のことも妹であるアンナに引きずられてといった感じですから。もちろん、真琴さんには近づかせませんから」

「じゃあ、弘中さんは海藤さんの組に入ることになるんですか？」

「それとも少し違いますね。あくまで運転手として扱うつもりですから」

「……そうですか」

「彼、結構有名なレーサーだったらしいわ。資金面で困って廃業しちゃったみたいだけど、このまま腐らすのももったいないないし。ま、心配するような待遇じゃないから」

「……はい」

いつも冗談や楽しい話ばかりする綾辻だが、嘘は言ったことがない。

弘中のことをこれ以上心配するのは自分の傲慢《ごうまん》かもしれないと思い、真琴は素直に頷いた。真琴が納得したのを見て、綾辻も安心したかのように軽口を叩く。

「それに、他の男の心配してたら、会長が焼きもち焼いちゃうわよ」

「えっ？」

「綾辻」

倉橋が諫《いさ》めるが、焼きもちという言葉があまりにも海藤に似合わなくて、真琴はチラッとその横顔を見上げた。

その視線に気づいた海藤は、隣に座る真琴の髪をクシャッと撫でる。

「そういうことだ」

「え……あ……」

見る間に真っ赤になっていく真琴を楽しそうに見つめる海藤。

倉橋と綾辻がいるというのに、真琴はなんだかわーっと叫び出したいような気分になってしまった。


「はい、待ってます」

二日後、案外過保護な海藤がもう一日休ませたせいで、真琴は二日ぶりに大学に行った。

そろそろ夏休みに入るせいか、キャンパスを歩く学生たちの数も少なくなって、真琴はぼんやりとこれから過ごす長い休みのことを考えていた。

兄たちはもちろん、末の弟も絶対に帰ってこいと喚《わめ》いていたし、父も母も祖父も、皆真琴が帰郷するのを楽しみにしているようだ。

真琴としても家族と会いたい気持ちは山々だが、海藤と長い間離れるのは寂しい。

考えごとをしながら歩いていると、つい門から出そうになった。

大学の近くで拉致されたということで、大学からはくれぐれも出ないで待っていて欲しいと海老原に言われたばかりだ。

真琴は門にもたれるようにして迎えの車を待っていた。

「……」

その時、ふと、滑るように目の前に車が停まった。

いつもの迎えの車ではない外車で、運転席から降りてきたのは意外な人物だ。

「宇佐見さん？」

「高橋はうちが押さえた」

前置きもなく、唐突に宇佐見は言った。

「組織から命を狙われているから助けてくれだと。自分も同じ穴のムジナのくせに、こういう時ばかり警察に頼ってくる」

匿名の電話があって、一条会の高橋の女が経営する店に駆けつけた時には、呆然と座り込んでいる高橋本人と、腕を折られた部下が数人いただけらしい。

高橋は素直に薬の密売を認め、保護して欲しいと言ってきた。怪我《けが》をした部下たちも、自分の不注意からだと第三者の関わりを認めなかったようだ。

「あの人、捕まったんですか……」

海藤も高橋の処遇に関しては真琴に何も言わなかった。言う必要もないと判断したのかもしれない。

今、宇佐見から高橋のその後を聞いても、さすがに真琴も可哀想だとは思えなかった。

アンナを追い詰めたのは高橋だし、その上、海藤を傷つけようとまでした男だ。いい気味とまでは思わないが、しかたないと納得できることだった。

「お前につけている者も外すことになった。上から言われたんだが……多分あれが何か細工したんだろう」

「あれって……」

「肝心な時に助けてやれなかった。……すまない」

「宇佐見さん……」

まさか、宇佐見に謝罪されるとは思わず、真琴は戸惑いながらその顔を見つめる。

宇佐見の視線は真琴の顔に向けられ、苦しげに顰《しか》められていた。もしかしたら、湿布を貼《は》っている頬を見て何か思ったのかもしれない。

返す言葉に逡巡《しゅんじゅん》していると、宇佐見が唐突に言った。

「……別れろ」

「え?」

「あいつとは別れた方がいい。今回のことも、あいつと付き合っていなかったらなかったことだ。あいつの負の財産をお前が背負うことはない」

「あ、あの」

「お前が決心するなら、何があっても俺が守ってやる。あいつとは別れろ」

前にも同じようなことを言われた。あの時は海藤の結婚や、子供のことなどを考えて即座に否定もできなかったが、今の真琴は海藤の愛情を信じているし、自分の危惧《きぐ》も吐露したことで、かえって気持ちは強くなっている。

それに、今の宇佐見の言葉は海藤に対する対抗心からではなく、本当に真琴のことを心配して言ってくれているのが伝わった。

見当違いでも心配してくれる宇佐見に感謝の思いを込めて、真琴はにっこりと笑った。

「でも、海藤さんといなかったら、こうして宇佐見さんとも話すことなんてなかったですよね？」

真琴の切り返しに、宇佐見は面食らったような表情になった。

「確かに怖い思いもしたけど、海藤さんと知り合えてよかったと思ってます。ヤクザって言われる人たちも悪い人ばかりじゃないってわかったし、警察の偉い人とこうして話せるし。これって貴重な体験ですよね？」

宇佐見も、真琴のことを考えたうえで言ってくれているのだろう。その気持ちは嬉しいが、これは真琴と海藤が考えることだし、今の真琴には海藤と別れるつもりはなかった。

「……西原」

「あっ」

宇佐見の言葉を遮るように、真琴は思わず叫んでいた。宇佐見の車のすぐ後ろに、見慣れた車が停まったからだ。

そして、助手席から降りた海老原が後部座席のドアを開くと、中から降りてきたのは海藤だ。

「海藤さん？」

今朝会った時は迎えに来るとは聞いていなかったので驚いたものの、真琴はすぐに満面に笑みを浮かべ、宇佐見の隣をすり抜けて海藤に駆け寄った。

「迎えに来てくれたんですか？」

「現れると思ったからな」

海藤は真琴の身体を抱き留めると、宇佐見に視線を向けた。

「暇そうだな」

淡々とした海藤の言葉に宇佐見は眉間に皺を寄せた。単なる兄弟喧嘩だというには、ずいぶん剣呑な雰囲気だ。どうしたらこの二人が歩み寄るんだろうと考えるが、それこそ海藤や宇佐見にとっては余計なお世話かもしれない。

それでも気になって交互に二人を見ていると、宇佐見は憮然とした様子を隠さずに背を向け、車へと歩いていった。

「宇佐見さんっ」

呼び止めると、ドアに手をかけた彼が振り向く。

「今回は引くが、諦めたわけじゃない」

「無駄なことはしないんじゃなかったか？」

「無駄とはわからない」

そう言い捨て、一瞬だけ真琴に視線を向けると、別れの言葉もないままに宇佐見は車を発車させた。

「……よかったんですか？」

海藤に促されて車に乗った真琴は、ほとんど言葉を交わさなかった海藤と宇佐見が気になって尋ねたが、海藤は口元に小さな笑みを浮かべたままだ。

「心配して来てくれただけですよ？」

「……まあ、そういうことにしておけ」

「でも」

「もうすぐ休みに入るだろう」

宇佐見のことはそれで終わったとばかりに唐突に言われ、真琴は戸惑ったまま頷いた。

「二、三日、時間は取れるか？」

「前もって言ってくれればバイトの方は調整できると思いますけど……なんですか？」

「伯父貴の還暦の祝いがある。それにお前を連れて行きたい」

「伯父さん？」

海藤の伯父といえば、幼い頃から海藤を預かり育てた、いわば育ての親だ。ほとんど自分のことを話さない海藤だが、それでもごくたまに出てくるその名前を口にする時は無意識なのか優しい顔になる。

「い、いいんですか？　俺が行っても……」

そんな大切な人の祝いごとに、海藤の恋人とはいえ一般人の、それも男の自分が行ってもいいものかどうか、拒絶されたらという不安と共に戸惑いの方が大きい。相手だって、どう対応していいのか困るのではないだろうか。

しかし真琴とは反対に、海藤の決意は揺らがないようだった。

「お前は俺が欲しいと思って手に入れた。俺が選んだ人間を、身内に紹介することはおかしくないだろう？」

「……反対、されたら？」

「性別で判断するような人じゃない。仮に反対されたとしても、俺は絶対にお前を放さないから」

きっぱりと言いきってくれた海藤の言葉が嬉しくて、真琴の視界はたちまち涙で歪んでしまった。

「行ってくれるな？」

「……お祝い、何か買っていかなくちゃ」

「一緒に考えよう」

「はい」

　こくんと頷いた真琴は、涙が零れないようにパチパチと瞬《まばた》きをしていたが、ふと思いついて聞いてみた。

「海藤さんの伯父さんって、お父さんみたいな存在なんですよね？」

「まあ、そうだな」

「じゃあ、『息子さんを下さい』って言わなくちゃいけませんか？」

　その瞬間、今まで気配を殺していた海老原がむせたように吹き出す。車も少しブレたのは気のせいではないだろう。

「申し訳ありませんっ」

「え、海老原さん、大丈夫ですか？」

「は、はい、お気遣いなく」

「そうですか？」

　不思議そうに言った真琴は、隣に座っている海藤も頬を緩めて笑っている姿を見た。

「海藤さん？」

「まるで結婚の申し込みだな」

「だ、だって、海藤さんだってちゃんと考えてくれてるんだから、これは俺のけじめです」

「そうか。……愛情の証だな」

「証っていうより、標《しるし》ですよ。誰にも取られないようにつけておく、これは俺のものだっていう目印」

「……男前だな、お前は」

「海藤さんの方がカッコいいですよ？」

海藤の言っている意味がわからず、真琴は首を傾げる。

すると、珍しく声を出して笑う海藤に肩を強く抱き寄せられた。

「お前がそう言ってくれるのが一番嬉しい」

「え……」

こんなに喜んでくれるのなら、何度でも口に出して伝えよう。真琴はそう決意しながら海藤のスーツをそっと握り締めた。

end

プレゼント

決済の書類にサインをして、海藤《かいどう》は部屋の時計を見上げた。時刻はそろそろ午後十時になろうとしている。

(まだ仕事中だろうな)

同居――――いや、同棲《どうせい》している最愛の恋人は、一週間のほとんどの時間を大学とバイトにあけくれている。海藤は恋人である真琴《まこと》の安全と自身の狭量もあって、できればバイトは辞めて欲しいと思っているが、大学進学と共に勤めているバイト先に愛着があるらしい真琴に無理は言えなかった。

ヤクザ稼業と会社社長という立場がある海藤も日々過密スケジュールをこなす身で、真琴とゆっくりできるのは深夜とも言える夜の時間と、部下の倉橋《くらはし》がなんとか捻出《ねんしゅつ》してくれる半日ほどの休みだ。

海藤としては自身の自由になる時間はすべて真琴のために使いたいと思っているのだが、この世界のことをまったく知らないはずの真琴はそんな海藤を気遣い、なかなか我がままを言ってくれない。真琴が望むのならどんなものでも買い与えるし、行きたい場所があれば連れて行く気はあるのに、本人が口にしてくれなければ海藤は動くことができなかった。

こんな思いは、真琴と知り合って初めて知った。

それまでは、言い寄ってくる女たちの中で一番上等な女と一夜だけのセックスをするのがほとんどで、誰《だれ》かと共に暮らしたことはなかったし、愛《いと》しいと心から思える相手もいなかった。

ヤクザという生業《なりわい》を選んだ限り、弱みを作ることはしない方がいい。もしも、どうしても手放したくない者ができたとしたら、一生檻《おり》の中に閉じ込め、逃がさないようにするべきだと思う。

しかし、今、誰よりも……多分、自分の命よりも大切な存在ができて、理想と思うことは絶対に不可能なのだと思い知っている。閉じ込めて、誰にも見せたくないと思っていても、あの笑顔を守るためならば己の思いを封じることも厭《いと》わない。

「……」

そんなことを考えていた海藤は、ふと気配を感じてドアへと視線を向ける。完全防音にしてあっても、こういった勘は鋭い性質《たち》だった。

すると間を置かずにノックの音がし、見慣れた顔が中に入ってきた。

「会長、よろしいでしょうか」

それは、幹部である綾辻《あやつじ》だ。モデルのような華やかな容姿とは裏腹に、「勇蔵《ゆうぞう》」などという古めかしい名前と女言葉がかなりの違和感を感じさせるが、もちろん能力も腕っぷしも文句のつけようのない男だ。

その後ろから入ってきたのはもう一人の幹部である倉橋だった。生真面目《きまじめ》で堅物、滅多に表情さえ動かさないが、海藤に忠実で有能な男である。

倉橋はほぼ海藤につきっきりで、綾辻は気がつけばふらっとどこかへ出かけているせいかあまり顔を合わすこともないはずだが、気がつけばよく言い合いをしている。大体が綾辻が馬鹿なことを言って、倉橋が諌《いさ》めるという感じだが、普段は滅多に感情を露《あら》わにしない倉橋が綾辻にだけは怒ったり呆《あき》れたりと豊かな表情を見せ、綾辻もどんなに叱《しか》られても嬉《うれ》しそうな顔をしているので、きっと二人の相性はいいのだろう。

「どうした」

この二人が一緒に顔を見せるということは緊急の事態ということもありえたが、それにしては妙に綾辻が楽しげだ。

「マコちゃんのことなんですけど」

「真琴の？」

その名前に何事があったのかと眉《まゆ》を顰《ひそ》めたが、綾辻はにっこりと笑みを浮かべて言葉を続けた。

「会長、マコちゃんとデートしたことありますか？」

「……デート？」

「綾辻」

倉橋は綾辻を諫めようとしたが、海藤は軽く視線を動かしてそれを止めた。

「食事は外に連れて行くことはあるが」

真琴のバイトが休みで、海藤の仕事も早くに上がった時にはよく食事に連れて行く。美《お》味《い》しそうに食事をする真琴の顔を見るだけでも海藤にとっては十分な癒《いや》しになるが、考えたらこれはデートとは言わないかもしれない。

真琴自身が不満を訴えず、今まで愛する者と付き合ったことのない海藤は、いったい何をすればいいのかまったく見当がつかないというのが正直なところだ。

「駄目ですよ、そんなんじゃあ。ね、会長、今度ダブルデートしましょうよ」

「綾辻、あなたは何を言って……っ」

「会長はマコちゃんと、私は克己《かつみ》と♪　ね？　どうですか？」

「私を巻き込まないでくださいっ」

倉橋は寝耳に水だったらしく即座に反意を示していたが、海藤は綾辻の言葉を一笑に付すことはできなかった。

世間一般の、普通の恋人同士。

今まで真琴に付き合った相手がいないことは調査済みで、そんな真琴が初めて付き合った自分は生業のせいで、きっと窮屈な思いをさせているはずだ。

真琴と暮らし始めて五ヶ月ほど。小さな不満が積もっていてもおかしくない。

海藤は倉橋に視線を向ける。

「予定は空けられるか？」

「会長」

「じゃあ、ＯＫなんですねっ？」

倉橋は困惑したように眉を顰めたが、綾辻がすぐに覆いかぶせるように言葉を続けた。

「平日にしましょう。マコちゃんも新学期が始まって少し落ち着いただろうし、平日だったらどこも空いてるだろうし」

「……どこに行く気なんです？」

「ふふ、内緒」

含みを持たせる綾辻の言葉に倉橋は不安そうだが、海藤の頭の中ではもう、真琴にこのことを告げた時の反応を想像していた。

多分……いや、きっと、どこに連れて行っても真琴は喜んでくれる気がする。そう考えると、海藤は早く帰って真琴の顔が見たくなってしまった。

想像どおり、いや、それ以上に、綾辻提案のデートの話に、真琴は本当に喜んでくれた。海藤は真琴と一緒ならばどこに行くのかは拘《こだわ》らなかったので、綾辻と相談して行きたい場所を決めるように告げた。

本当のことを言えば、娯楽らしい娯楽というものの経験がない海藤には、どんなところに行けばいいのかまったく想像がつかなかったというのが正しいが。

「……遊園地？」

だが、いくらどこでも構わないとはいえ、自分とはまったく縁のない場所を提示されたことには内心戸惑《とまど》ってしまった。しかし、真琴は綾辻と既にプランを立てているらしく、あとは海藤の許可を貰うだけという段階になっているのだと嬉しそうに言われると、まさか他の場所にするようにとは言えるはずがなかった。

第一、どこでも好きな場所を選べと言ったのは自分なのだ。そもそもは真琴の喜ぶ顔が見たいという気持ちから始まっていることもあり、海藤は息を呑《の》んで自分の返事を待っている真琴に笑いかけた。

「いいぞ」

「本当ですかっ？」

「ん？」

「だって、遊園地なんか嫌だって言われるかと思っていたし……」

どうやら真琴は綾辻に背中を押されたらしいが、それでもNOと言われる可能性の方が高いと思っていたようだ。

そんなふうに遠慮せず、もっと気持ちをぶつけて欲しいと思うが、謙虚なところも真琴の美徳であり、海藤は変に変えようとは思わない。

それよりも、ＯＫを出した途端パッと顔を輝かせた真琴を見て、絶対にこの約束は守らなければならないと決めた。

「日にちは倉橋と詰めて決めてくれたらいい」

「あ、日にちはもう決めてるんです。二十五日って」

それなら、まだ一週間近くある。

綾辻にいろいろと聞く時間もあるなと思いながら、海藤は面前に立つ真琴の身体《からだ》に手を伸ばして抱きしめた。


九月二十五日。

ベランダにぶら下げた真琴のテルテル坊主が効いたのか、その日は朝から晴天だった。そろそろ秋の気配が感じられる時期ではあるが、今日は寒さの心配などしなくてもよさそうだ。

海藤は寝室で着替えて部屋を出た。今日はジャケットにシャツとジーンズだ。着慣れないが、さすがに遊園地でスーツは浮くだろうというのはわかる。

そういえばとふと視線をベッドにやると、そこにはいつもなら海藤に起こされるまで寝ているはずの真琴の姿がない。いったいいつ起きたのか、いつもなら海藤もその気配に気づくのだが、今日は不思議と目が覚めなかった。ここ数日、今日の時間を作るために仕事を詰め込んでいたからかもしれない。

もしかしたら、真琴は小学生が遠足を楽しみにして目が冴《さ》えてしまうように、今日という日をとても楽しみにしてくれているのかもしれない。そわそわとしながらカーテンの向こうを覗《のぞ》く真琴の姿を想像すれば、自然と口元に笑みが浮かんだ。

キッチンに行くと、真琴がすぐに顔を上げて声をかけてきた。

「おはようございます」

「おはよう」

見ると、テーブルには朝食の支度ができていた。ハムエッグにトマトサラダ、トーストに、なぜか味噌《みそ》汁という献立が真琴らしい。

少し潰《つぶ》れた黄身をハムで隠しているのが可愛《かわい》くて思わず目を細めると、真琴はコーヒーを入れてくれながらどんなに今日のことが楽しみだったかを話してくれる。たった一日遊ぶ約束をしただけでこんなに喜んでくれることがかえって申し訳なくて、海藤は綾辻が言い出すよりも先になぜ自らが気づかなかったのかと後悔をした。

「綾辻が迎えに来るのは十時過ぎだったな」

「はい」

どこに行くのかはあらかじめ聞いていたが、タイムスケジュールは直接綾辻と打ち合わせをした真琴の方が詳しい。ただ、少し引っかかっていたことがあったので、海藤は真琴が椅子《いす》に座るのを見てから声をかけた。

「時間は昼からの方がよかったんじゃないのか？　俺も詳しくは知らないが、そういった施設の中の食事はあまり美味しくないと思うんだが」

せっかく真琴と過ごすのだ。行き先は真琴が喜ぶ場所なのは当然のことだが、食事に関してもいつも以上に美味しいものを食べさせてやりたい。だが、遊園地の中のそういった施設は子供の食べ物という認識が強く、本当に美味いとは思えなかった。

それならば昼食をどこかで食べてからの方がいいと思っていたのだが、真琴は大丈夫と笑って指さした。

「美味しいかどうかわからないですけど、俺がお弁当作りましたから」

「弁当……お前が？」

指先に視線をやれば、大きなエコバッグが二つ、膨らんだ形で置いてある。あれだけの量を作ったのだとしたら、いったいどれほど早く起きたのだろうか。

そもそもは、真琴を喜ばせたいと海藤が言い出したのだ。本来は自分が用意すべきだったのに、これでは真琴の負担を大きくしただけだ。

「起こしてくれてよかったんだぞ？　全部お前がすることはなかったのに」

「下ごしらえは昨日《きのう》のうちにしてたからたいして時間かかってないんですよ？　それに、俺がしたくて勝手にやったことだし、海藤さんのように上手に作れなかったし、あまり美味しくないと思うんですけど……」

「いや、きっと美味いと思う。ありがとう」

昨夜真琴はバイトが休みで、海藤は海外との打ち合わせが延びて帰宅が遅かった。夕食も別だったので、冷蔵庫の中を覗いていなかったことが今さらながら悔やまれる。

もちろん、真琴の手料理は嬉しいのだ。本人は美味しくないと謙遜《けんそん》するが、多少手際が悪くても自分のために作ってくれるものはなんでも美味しい。

（それにしても……結構な量のようだが……）

男二人分にしてもかなり多い。

その理由は、その後迎えに来た綾辻に言った言葉でわかった。

「お昼はお弁当作ったので、一緒に食べましょうね」

「マコちゃんの手作り？　いや～ん、楽しみ」

「……少しは遠慮したらどうです」

倉橋の嫌味もまったく耳に届かないようで、綾辻はさっそく今日の予定を真琴と打ち合わせている。なんだか、自分の方が接待される側になっているようで苦笑が漏れた。

「……申し訳ありません。本来なら遠慮をするのが当然なのですが……」

状況を楽しんでいる綾辻とは違い、倉橋はあくまでも自分たちは邪魔者だという認識らしい。

「いや、お前たちが一緒の方が真琴も楽しそうだ」

二人きりの方がいいと思うのは当然だが、それ以上に真琴が楽しいのならば何人同行者がいても構わない。

綾辻の運転で、車は都内の遊園地に向かった。

平日なので人はいないと思っていたが、意外にも学生やカップルの姿が多い。そんな中、男四人連れはかなり目立つようで、入場ゲートから中に入るまでもずっと視線が集まるのがわかった。

無理もない。今日は一応皆カジュアルな服装をしているが、モデルのようにスタイルが良くて華やかな綾辻はどこでも目立つし、繊細に整った顔の倉橋も人目を引く。このあと、さらに何人もの強面《こわもて》の男たちが護衛のためについてくるのだが、その反応を見ることはできない。真琴には、今日は四人だけの外出だと告げてあるからだ。

「海藤さん、最初何に乗りますか？」

手にした案内図を見ながら、真琴が弾んだ声で聞いてくる。その顔は本当に子供のように楽しそうだ。

「お前は何がいい？」

「俺は、絶叫系とか好きですけど……」

そう言った後、真琴は顔を上げて海藤を見る。

「海藤さんは苦手なのってありますか？」

「苦手なのか……」

改めて聞かれても、実際に乗ったことがないのでなんとも言えない。高いところは苦手ではないし、スピードが速いのも大丈夫なので、一応「ない」と答えると、真琴はすごいすごいと褒めてくれた。

「俺は、お化け屋敷だけは駄目なんです。あと、迷路とかも苦手かも」

「怖いのか？」

「だって、いきなり出てくるんですよ？　出る前に知らせてくれたら多分大丈夫だと思うけど……」

出現を予告するなんて、それでは驚かすという目的は達成できないのではないか。海藤は笑みながら真琴の肩を抱き寄せる。周りがざわつくのがわかったが、気にすることもなく口を開いた。

「俺が一緒にいたら大丈夫か？」

「……変な声出しても、笑いませんか？」

「ああ」

「……だったら……試してみてもいいかも」

怖がる真琴がしがみついてきてくれたら、それはそれで海藤も楽しい。なんだか馬鹿なことを考えてしまうが、もしかしたら自分も浮かれているのだろうか。

「マコちゃん、何に乗るか決めた？」

少し離れた後ろを歩いていた綾辻が声をかけてきた。隣にいる倉橋が邪魔するなとたしなめたようだが、真琴は気づかないようで振り向くと、さっそく案内図を指さして教える。

「これに乗ろうと思って」

「あら、しょっぱなから絶叫系行くの？」

「綾辻さんたちは？」

「私たちは護衛のつもりで来ているので、どれにも乗るつもりは……」

「私たちはこれ！」

倉橋の言葉を遮って綾辻が指さしたのも、真琴とは違う絶叫系の乗り物らしい。倉橋の顔が白から青に変化したように感じ、海藤は声をかける。

「大丈夫か？」

「は、い」

いつもの毅然《きぜん》とした倉橋とは違い、今日はどこか頼りなげな雰囲気だ。この男にとってはスーツは自身を守る鎧《よろい》のようなものかもしれず、それを着ていないだけでどこか守ってやりたくなる雰囲気になる。

きっと、綾辻はそんな倉橋を見て内心ほくそ笑んでいるのだろう。柔らかな物腰や女言葉に隠れているが、綾辻という男は変わった嗜好《しこう》の持ち主だ。相手が苦しんだり恥ずかしがっている状況を楽しむのだ。肉体的な加虐よりも精神的なそれを好み、さらには自分の気に入っている者ほど苛《いじ》めるタイプのこの男の数年来のターゲットは倉橋だ。どういった感情がその根底にあるのかわからないが、綾辻が常にその動向を気にし、ある時は海藤よりも優先してしまうのは、ただ単に楽しいからという理由だけではないはずだ。

倉橋にとっては災難かもしれないが、こんな男を惹《ひ》きつけてしまったことは、もうどうしようもない。

「でも、マコちゃんのも面白そうねえ。じゃあ、一緒に二つともいっちゃう？」

「海藤さん」

「いいぞ」

聞かれて海藤が頷《うなず》くと、真琴はさっそくその腕を摑《つか》んで早足で歩き始めた。一刻も早く乗りたいと気が急《せ》いているらしい。

「今日は待たなくても大丈夫じゃないのか？」

「わかってるんですけど」

言葉ではそう言いながらも、真琴の足は速度を落とさない。

しっかりと腕を組んでいる自分たちは、他人から見たらどう見えるだろうか。デートだと言った綾辻の言葉のとおりなのかと思いながら見下ろすと、ふと視線が合った真琴が恥ずかしそうに、それ以上に楽しそうに笑いかけてくれる。

（……デート、みたいだな）

どうやら、真琴を楽しませるという目的はこの時点でもう達成したらしい。海藤も笑みを返すと、目の前に迫る乗り物へと視線を向けた。

絶叫系の乗り物に四回、その他の乗り物に二回ほど乗ったところで、昼を過ぎているのに気づいた。

真琴のテンションは上がりっぱなしだが、そろそろ腹を満たしてやらなければならないだろう。

「綾辻」

真琴が作ってくれた弁当は、待機している護衛が持っている。海藤の合図に綾辻が連絡し、間もなく一人の男が走ってやってきた。

「あ、海老原《えびはら》さん？」

「お疲れ様です」

いつもは真琴の護衛兼運転手をしている海老原も、今日はこっそりとついて来ていた。他の厳《いか》つい男たちよりは柔らかな雰囲気の海老原なら、まだ遊園地の中で悪目立ちをしないだろうという綾辻の配慮だろう。

「これ」

「あ」

海老原が差し出した袋に、真琴は思わずといった声を上げる。どうやら遊んでいる間に自分が作った弁当のことをすっかり忘れていたらしい。

「ありがとうございますっ、わざわざ持ってきてもらって」

「いいえ」

真琴の反応に海老原も察しがついたのか笑いながらそう言った後、海藤に頭を下げ、綾辻と倉橋に挨拶《あいさつ》してから立ち去っていった。

「あっ」

「どうした?」

「せっかくだから、海老原さんも一緒に食べてもらえばよかったなって思ったんですけど」

「あいつも忙しいだろう」

真琴が引きとめたとしても、海老原の方は遠慮をしただろう。自分の所属する組織のトップと気楽に飯など食えないはずだ。

「マコちゃん、こっちこっち！」

綾辻がすぐに真琴の意識を逸《そ》らすように呼び、遊園地内に点在しているテーブル席に落ち着くことができた。

「あの、何飲みますか？」

真琴は椅子に座った直後、さっそくそう聞いてくる。無意識に気を遣ってしまうたちなのだ。だが、今日くらいはなんでも自分がしてやりたい。

「俺が買ってくる。何が飲みたい？」

「え、で、でも」

戸惑う真琴に、海藤はじゃあと別の案を言ってみる。

「一緒に行くか？」

「はい！」

どうやらそれは正解のようで、弾むように椅子から立ち上がった真琴を見て、海藤は綾辻たちを振り返った。

「お前たちは何にするんだ？」

「私も一緒に……」

「私はウーロン茶でお願いしまぁ～す。克己はお茶にする？」

「私は一緒にっ」

「いやねえ、邪魔しちゃ駄目よ？」

「……それでは、お茶をお願いします」

綾辻の言葉に思うところがあったのか、倉橋は本当に恐縮したように言って頭を下げた。

今日はプライベートだが、倉橋の性格では公私を明確に切り替えることはできないらしい。

そもそも、海藤たちのような生業に公私というものはないも同然で、綾辻のような男の方が珍しいくらいだった。

海藤は真琴と一緒に近くの自動販売機に向かう。こうして自身でこういうものを買うのも久しぶりだ。

だが、財布を取り出し、そこで海藤はわずかに眉を顰めた。財布の中には数十万円とカードがあるが、小銭がほとんどなかったのだ。自販機は千円までしか使えないタイプのもので、このままでは四人分の飲み物など買えない。

少し離れたところに売店があったのでそこまで行くしかないかと思ったが、その間に真琴が自身の財布から千円札を出して入れてしまった。

「綾辻さんはウーロン茶で……倉橋さんのお茶はこれでいいですか？」

「真琴」

「海藤さんは何飲みますか？」

なんだか情けなくなったが、真琴はにこにことしていてまったく気にしていない。小さなことを考えている自分の方が子供のようだ。

「……じゃあ、これを」

「はい」

ペットボトルを二本ずつ持ち、綾辻たちがいるテーブルへと戻る道すがら、なぜか真琴がくすりと笑った。

「なんか、おかしいですよね」

「ん？」

「海藤さんたち、いつものスーツ姿じゃないのに、やっぱりカッコよくて目立ってるし」

それは、単にまとっている気配が独特で悪目立ちしているだけだと思うのだが、真琴は誰それが顔を赤くしてこちらを見ていたとか、写メを撮ろうとしていたとか、海藤がまったく気にも留めていなかったことを次々と教えてくれる。

「気づきませんでした？」

「……ああ」

海藤にとっては真琴以外の視線など目に入らないので、気づかなかったというのとは少し違うのだが、肯定してやると自分だけが気づいたんだと声を上げて笑った。

「少しだけ焼きもちを焼きそうだけど、他の人が海藤さんの良さに気づいてくれるのは嬉しいです」

焼きもちならばどんどん焼いて欲しい。真琴のまっすぐな目を自分にだけ向けてもらえるのなら、多少の煩《うるさ》い視線は黙殺できる。

飲み物を用意して広げた真琴の弁当は、いったいいつ作ったのかと思うほど、真琴にしては大量だった。

「すごいじゃない、マコちゃん！」

「へへ」

綾辻の歓声に、真琴はまんざらでもないような顔をしている。

唐揚げに、タコさんウインナー。卵焼きに、ポテトサラダと、彩りで数個散りばめられたプチトマト。それに、俵型のおにぎりとおいなりさん。あまり料理が得意ではない真琴がここまでの料理を作るとは思いもよらなかった。

「これ、うちの運動会でのお弁当の定番メニューなんです。幼稚園からずっと食べていたから、少しは味つけにも自信があるし……あ、おにぎりはちょっと崩れちゃってるんですけど」

言われて視線を移せば、確かに詰められた握り飯の形は少し形が崩れている。だが、それこそ手作りといった感じで心が浮き立つ。

それは綾辻も同様らしく言葉で茶化しているが、その目は普段見せないような優しい光を湛《たた》えているし、倉橋は戸惑ったような眼差《まなざ》しでずっと弁当を見ている。

「あの、どうぞ食べてください」

「ありがとう。いっただっきま～す！」

一番最初に唐揚げを口にした綾辻はすぐに「美味しい」と言い、真琴も嬉しそうに笑っていた。倉橋は海藤が食べるまでは箸《はし》をつけるつもりはないらしく、そのままじっと待っている。

海藤は卵焼きを口にした。真琴が好む甘い卵焼きだ。海藤が作るのよりも少し甘みが強く、これがきっと真琴の家の味なのだろうと知って感慨深かった。

「……どうですか？」

顔を覗き込まれながら聞かれ、海藤はすぐに頷いた。

「美味い」

「本当に？」

「優しい味だ」

家族に愛され、平凡ながらも幸せに生きてきたその生活が目に浮かぶような味だ。どんなに美味い高級料理店でも、この卵焼きには絶対に勝てない。

「倉橋さんもどうぞ、食べてください」

「ありがとうございます」

遠慮がちな倉橋に弁当を勧める真琴を見て、海藤はふと空を見上げた。秋というには少し早い、澄みきった青い空だ。

ヤクザという闇《やみ》の世界に身を置く自分が、平和の象徴の一つである遊園地で、こうして最愛の者の手作り弁当を食べる。こんな平和な時間を送ることができるなんて、真琴と出会うまでは絶対にないと思っていた。

ほんの偶然で出会った真琴。たった一人のその存在が、これほど人生を変えるなんて考えもしなかった。

だが、一度手にしてしまったからには、もう二度と手放すなんて考えられない。

「海藤さん、これも食べてください」

足が四本のタコ型に細工したウインナーを紙皿の上に載せられ、悪戯《いたずら》っぽい表情で真琴は海藤の次の行動を待っている。海藤はすぐにそれを口にした。

「美味いな」

真琴は躊躇《ため》らうことなく食べた海藤に少し驚いた様子だったが、次の瞬間には顔を赤くして俯《うつむ》いてしまう。

「……その顔、反則です」

「顔？」

自分がどんな表情をしていたのかまったくわからないが、その後も真琴はムキになったように料理を紙皿の上に載せてきたので、海藤はすべて美味しく食べた。


昼食の後もいろんな乗り物に乗り、果ては苦手だと言っていたお化け屋敷にも挑戦した真琴は、海藤の腕にしがみついたままなんとかクリアできた。

時刻はそろそろ午後五時になり、楽しんでいる真琴には可哀想《かわいそう》だとは思ったがタイムリミットだと告げた。

「あ、じゃあ、最後にお土産《みやげ》買って帰ってもいいですか?」

「土産?」

「バイト先のみんなと、海藤さんところの人たちの分です」

「組員には何もいらないぞ」

「でも、せっかくだから」

そう言って、真琴は箱に入った菓子を何個も手に取る。こんな時まで人に気を遣うこともないと思うのだが、本人がそうしたいのならばと口を出すのをやめると、真琴は組員の人数などを綾辻に確認していた。綾辻も面白そうだと、可愛らしい動物型のクッキーを購入するらしい。ヤクザの事務所にそのクッキーはあまりにも浮いてしまうだろうが、綾辻は拒否させないよう、きっと一人一人に手渡すに違いない。

その姿を見ながら、海藤は少し離れていた場所に立つ倉橋へと歩み寄る。

「お前たちも一緒に行くか?」

今日一日付き合ってもらったのだ、夕食も共にとることを提案したが、倉橋はいいえと即座に断ってきた。

「私たちはここで失礼します」

「……」

「この後は真琴さんとゆっくり過ごしてください」

倉橋の気遣いに頷き、海藤は両手いっぱいに土産を手にした真琴からそれを預かる。

「綾辻、これは真琴からだと皆に伝えてくれ」

「はい。マコちゃん、ありがとう。みんなきっと喜ぶわ」

駐車場で別れる時、もしかしたら真琴が残念だと言い出すかと思ったが、意外にも素直に二人に別れを告げた。真琴も、自分と二人だけになりたいのかと思うと嬉しくて、海藤は上機嫌のまま今夜の食事をする店へと車を走らせる。

午後六時過ぎ、夕食には少し早い時間に店に到着すると個室に案内された。今日の店も真琴のリクエストで創作和食が有名なところだ。

「あ」

「どうした？」

一通り注文した後で真琴が小さく声を上げた。

「お酒……」

「酒？」

「今日、海藤さん運転してきたから飲めないんじゃ……」

「それなら大丈夫だ。帰りはタクシーを呼べばいい」

車は組員に運転させてマンションまで運べばいいだけだ。

それに、真琴と一緒にいる時は、特に酒を飲みたいとも思わない。酔うことはほとんどないが、もしもそのせいで真琴の話を聞き逃してしまうことにでもなったら……その方が後悔する。

「よかった。今日は海藤さんにいっぱい付き合ってもらっちゃったから、美味しいお酒を飲んでもらいたかったし」

「……」

付き合ってもらったのはこちらの方だと、海藤は口の中で呟《つぶや》く。真琴と普通のデートというものがしたかったのは自分の方だし、今日一日楽しい思いをさせてもらったのも自分の方だ。

ただ、それを口にすることはできなくて、海藤はただ真琴を見つめる。すると、真琴もこちらを見ていて……酒も飲んでいないのに目元を赤くすると、無理やりのように視線を外した。

「なんか、照れちゃいますね」

「そうか？」

そうですすと言い返す真琴が口を尖《とが》らせているのが子供っぽくて微笑《ほほえ》ましく、海藤は思わずその頬《ほお》に手を伸ばそうとしたが、折り悪く料理が運びこまれてくる。どうやら、甘い雰囲気になるのはもう少し後のようだ。

出される料理は見た目も味も完璧《かんぺき》だったが、昼間食べた真琴手作りの弁当にははるかに及ばない。愛情は何よりも貴重だなと思いながら酒を口にしていると、少し前から真琴がそわそわしていることに気がついた。

どうやら何かを待っているようだが、あらかた注文した料理は出てきていて、あとは最後のデザートだけという段階だ。

「真琴、食べたいものがあったらなんでも注文したらいい」

「あ、はい」

生返事を返すもののその素振りはない。いったいどうしたのかと思っていると、

「失礼します」

声をかけられて障子が開いた。

その瞬間、海藤は本当に驚いて思わず目を瞠《みは》る。

「あ、こっちに置いてください」

真琴が指示をして海藤の目の前に置かれたのは――小さなバースデーケーキだった。

『海藤貴士《たかし》さん　誕生日おめでとう』。

そんなふうに書かれた板チョコの文字を穴のあくほど見つめた海藤は、そのまま目の前にいる真琴へと視線を移した。

「誕生日、おめでとうございます、海藤さん」

「真琴……」

(……そうか、今日は……)

九月二十五日。今日は海藤の誕生日だった。この世に生を受けた日。海藤にとってはそれだけの意味でしかなく、毎年ただ無意味に過ぎていく日々の中の一日でしかなかった。

「綾辻さんから誕生日を聞いて、絶対に祝いたいと思ったんです。でも、なんだか今日は俺の方が楽しませてもらって申し訳ないくらいで……」

海藤は首を振る。今日一日、心から楽しんだのは自分だ。

その上、こんなふうに誕生日を祝われるなどまったく考えもしなかった海藤は、胸の中で様々な感情が渦巻いた。

幼い頃、両親の事情で伯父《おじ》の家に引き取られた。可愛がってもらったし、今の海藤があるのは伯父夫婦のおかげだと言ってもいい。

ただし、海藤の心の中はいつも渇いていた。両親に愛されずいらない存在のような気がして、幼い頃から誕生日を祝ってもらうことを拒否していた。

三十を過ぎた今は、そんなことなどどうでもいいような気になっていたが、目の前にあるケーキの存在ははるか昔の、子供の頃の気持ちを呼び起こす。

「本当は、たくさんの人に祝ってもらう方が嬉しいと思うけど、知り合って初めての誕生日は俺が祝いたいって思って……おめでとうございます」

重ねて言う真琴の言葉に、海藤は唐突に合点がいった。

綾辻がいきなりデートをするように言ってきたことも。

場所を遊園地にしたことも。

真琴が早朝から内緒で弁当を作ってくれたことも。

すべては海藤に初めてのことを経験させてくれたうえで、新たな気持ちで誕生日を祝ってくれようとしたのだと。

その証《あかし》に、ケーキの上のロウソクは実際の年齢の本数ではなく一本だけだ。真琴と共に祝う、初めての誕生日。

胸の中にこみ上げてくる熱い塊を抑えるのは難しい。

「海藤さん？」

なかなか返事をしない海藤に、真琴は不安になったのか少し心細げな声で名前を呼んでくる。心配などする必要はないのだ。らしくもなく泣きそうな自分を、反対に笑ってくれてもいい。

「……ありがとう」

かろうじてそう答え、海藤はロウソクの火を吹き消す。この先、何度真琴と誕生日を迎えるのかわからないが、それでも今日のこの日を忘れることは絶対にないと思った。


当初の予定ではホテルに宿泊するつもりだった。外泊などしない真琴は、スイートルームに泊まったらきっと喜んでくれるだろうと思ったからだ。

しかし、サプライズで誕生日を祝ってもらった海藤が思ったのは、自分たちの家で真琴を抱きたいということだった。目新しいことなどない日常を過ごす場所で、大切に真琴を抱きたかった。

真琴も同じ気持ちでいてくれたのか、「帰ろう」と言った言葉にすぐに頷いてくれる。そのままマンションに戻り、先に真琴を風呂《ふろ》に促した。本当は一緒に入りたかったが、今のままだと風呂の中で抱いてしまいそうで、そうなると真琴の身体にも負担になるとわかっているからだ。

　店から持って帰ったケーキの箱を冷蔵庫にしまいながら、海藤は自分の顔が緩んでいるだろうと想像して苦笑が零《こぼ》れる。こんな顔は、幼い頃から自分を見てきた伯父にさえも見せられない。

「あ、あの」

　風呂上がり、頬をピンクに上気させた真琴は、海藤が買ってやったバスローブに身を包んでいる。この後、何があるのかさすがにわかっているらしいのか、パジャマは着ていない。

「ゆっくりできたか？」

「は、はい」

　帰りの車の中では遊園地のことを楽しそうに話してくれていた真琴も、この時ばかりは口数が少ない。数えきれないほど抱いた今でも、セックスに対してもの慣れない真琴は本当に初心だ。

「先にベッドに入っていろ」

　肩を抱き寄せ、耳元に口づけながらそう言うと、おかしいくらい肩を揺らして激しく首を上下させる。あまり緊張させると真琴がいっぱいいっぱいになってしまうので、海藤は軽く唇にキスして風呂場に向かった。

落ち着いていたつもりでも海藤自身心が急いているので、いつもよりずいぶん早く身体を洗って風呂から上がり、裸身にバスローブをまとった。既にペニスは緩やかに勃《た》ち上がりかけているのを見たが、欲望のまま真琴を貫かないように気持ちを戒める。

どんなに互いが求め合っていても、男の身体である真琴が海藤のペニスを受け入れるまでには時間がかかってしまう。

今夜だけは、快感以外で泣かせたくはない。

寝室に行くと、明かりは一番小さいものに絞られていた。少し考えて、海藤は照明を明るくする。自分の腕の中で乱れる真琴の姿をじっくり見たいからだ。

布団の中に潜り込んでいたが、真琴は部屋の明かりが明るくなったことはわかったらしく、なかなか顔を見せてくれない。掛け布団の上から軽くその身体を宥《なだ》めるように叩《たた》いた後、海藤は一気にそれを剝《は》いだ。

「うわっ」

バスローブは腿《もも》辺りまでめくれてしまっていて、真琴は焦ってそれを直そうと手を伸ばす。だが、海藤は一瞬早くそれを捉《とら》えると、そのままシーツに縫いつけた。

「あ……っ」

隠すこともできず、それでもなんとか顔を背けようとする真琴に、海藤は顔を近づけて囁《ささや》いた。

「顔を見せてくれ」

「……っ」

「真琴」

抵抗するつもりではなく、あくまでも羞恥《しゅうち》からの行動らしく、真琴は名前を呼ぶとおずおずとだが正面を向いてくれる。それでも伏し目がちなままなので、海藤は何度も頬や目元にキスを落とした。

「……ふっ」

触れるだけのそれがくすぐったかったのか、緊張していた真琴の表情が緩み、息を吐いたことで身体の力も抜けたようだ。

ようやく視線が合い、海藤は目を細める。

「今日は、ありがとう」

「海藤、さん」

「生まれてきて本当によかったと思ったのは初めてだ」

真琴に出会うために今までの人生があったのならば、それさえも真正面から受け止め、昇華できる。海藤の言葉に、躊躇いがちに伸びてきた手がそっと背中に回り、そのまま抱きしめてきた。力は入っていないのに、強く、温かく抱擁されているのがわかる。

「誕生日、おめでとうございます」

「ありがとう」

海藤は真琴の唇を食《は》みながら、身体の下のバスローブの紐《ひも》を解いた。

明かりの下に現れたのは白い肌だ。本人は気にしているらしいが、とても綺麗《きれい》だし肌触りもいい。女のように手入れなどしていないだろうに、なぜこんなにも気持ちがいいのだろうかと首筋から胸元へと手を滑らせると、真琴が切なげな声を上げた。

（……そうか）

気持ちがいいのは、相手が真琴だからだ。これが他の人間であれば、指先に触れる肌の感触などまったく気にならないどころか、極力肌を合わせないようにするだろう。

特別で、大事な、愛しい恋人。

想いを寄せてくれて、自らその身体を許してくれる。男同士という関係に加え、ヤクザという闇の世界に生きる自分に、温かな光をくれるなんて、こんなにも優しい人間がいるのだろうか。

「愛してる」

思わず溢《あふ》れた想いを口にした海藤に、一瞬息を呑んだ真琴も答えてくれた。

「俺、も」

それだけで十分で、海藤は胸の飾りに手を伸ばした。ささやかなそれは既に立ち上がりかけていて、指先で捏《こ》ねるように刺激を加えるとさらに色が濃く変化する。美味しそうなその変貌《へんぼう》に口に含んで舌で転がし、もう片方の乳首を指でさらに刺激し続けた。

「んぅ……んんっ」

漏れ聞こえる声に、苦痛の色はない。海藤はさらに歯で摘《つま》んだり、胸全体に吸いついた。色白の肌にはたちまち濃い鬱血《うっけつ》の痕《あと》がついて、まるで胸を覆うかのごとく花弁が散っているように見える。

その時、腹に当たるものに気づいた。真琴の勃ち上がったペニスだ。

色づいた乳首も名残《なごり》惜しいが、海藤は一刻も早く真琴を快楽の波に呑み込みたくて、ようやく口の中から乳首を解放し、そのまま舌を腹から臍《へそ》へと移動させていく。唾液《だえき》に濡《ぬ》れた肌が明かりの下で輝き、そこかしこへとキスの痕をつけていった。

「だ、駄目っ」

真琴は焦ったように海藤の肩を押しのけようとしてきた。胸に感じる濡れた感触に、もうイきそうになっているのだと悟った。

まだ胸しか愛撫《あいぶ》していないが、真琴の身体は一気に高まってしまったらしい。必死に気を逸らそうと両足を擦《こす》りつけたり腰を揺らしたりしているが、海藤は構わずペニスに手を伸ばして握り締め、

「あぅっ！」

そのまま一気に扱《しご》いてやると、あっという間に真琴は射精してしまった。

「はぁ、はぁ、はぁ」

目の前の薄い腹が激しく脈打っている。手のひらで受け止めたつもりだがさすがに零《こぼ》れてしまった精液は、そのまま真琴の腹から背中へと滴り落ちていった。口で受け止めてやってもよかったが、今日はこの精液が潤滑剤の代わりだ。海藤は粘ついた手で濡れた下腹部やペニス、その下の双玉に触れた。ピンク色のペニスは濡れ光り、蜜《みつ》を溜《た》める双玉も射精したばかりだというのにまだ張り詰めていて、こりっとした感触が楽しい。片手の中で双玉を揉《も》みしだきながら、海藤は徐々にその奥へも指を滑らせていった。

「ん……ひゃっ、あんっ」

まだ硬く閉ざされたままのそこは、潤滑剤を使って慣らした方がいいというのは十分わかっている。しかし、今夜はお互いの体液以外で身体を濡らしたくはなかった。もちろん真琴に痛みを感じさせるつもりはまったくないので、精液で足りないのならば唾液で、何十分でも何時間でも舐《な》め濡らすつもりだ。

海藤は身を起こすと、真琴の腰の下に枕《まくら》を差し込んでぐっと腰を引き上げた。真上とまではいかないものの、真琴の下肢が目の前にやってくる。

「は、恥ずかし、しっ」

羞恥心のある真琴は半分泣きそうになりながら訴えてきたが、それでも拒否をしないのが嬉しかった。

海藤は片足を肩に乗せ、露わになった双丘の奥、これから自分を受け入れてくれる蕾《つぼみ》へと躊躇いなく舌を伸ばす。

「！」

その瞬間、真琴が硬直したのが舌に伝わったが、海藤は構わず舌を動かし始めた。

たっぷりと舌に唾液を乗せ、真琴自身の先走りの液と精液で濡れているそこを舐め続ける。肌よりも少し色の濃いその個所がヒクヒクと蠢《うごめ》くのが間近でわかった。

押さえつけている足も、刺激に耐えるかのように力が入っている。

しばらくして、海藤は指先でそこを押すように揉み始めた。貞淑なそこはまだまったく口を開いてくれる様子はなく、この先の長い時間を想像してしまうが、考え方を変えればそれだけ真琴の身体を長く愛撫できるということだ。

「んぅっ、んぁっ」

舌と指先で交互に中心を刺激していき、ほどなくして海藤は一本の指を蕾に宛《あて》がい、ぐっと力を込めてみた。鈍い抵抗はあったが、かなり舐め濡らしたのでなんとか指先は中へと入ることができた。

「真琴、力を入れるな」

眉間《みけん》に皺《しわ》を寄せながら唇を噛《か》みしめている真琴に、身を乗り出してキスをしながら言い聞かせる。簡単にできないことはわかるが、それでも真琴の意識が蕾から逸れたのがわかり、海藤は徐々に指を押し入れながらじわじわと広げる動きをした。きつい中では自由に動けないものの、それでも締めつけてくる内壁に逆らうように動かす。

ゆっくり、本当にゆっくりと、指を奥に入れる。ようやく根元まで収まった時には、海藤の額には汗が滲《にじ》んでいた。

だが、これはほんの始まりだ。せめて指が三本ほど入らなければ、自身のペニスを挿入することはできない。真琴の身体を絶対に傷つけたくないので、ここで焦ってはいけない。それに、既に海藤と抱き合っている真琴の身体はその感触を思い出したようで、ただきつく締めつけるだけだった内壁が、まるで絡め取るような蠢きへと変化してきた。

こうなると、後は時間をかければいいだけだ。

海藤は指で中を解《ほぐ》し、唾液を垂らして滑りを足していく。指が一本から二本、そして三本へと増えた頃には、真琴の顔はすっかりと上気し、口から漏れる声は喘《あえ》ぎ声へと変化していた。

そろそろ、頃合いかもしれない。ようやく自らのバスローブを脱ぎ捨てると、ペニスはすっかり上を向いて、先走りの液でしとどに濡れている。竿《さお》に浮き出る血管も生々しく、早く真琴の中に入りたいと訴えているようだ。

海藤は一気に指を引き抜いた。

「ふ……、んぅ……っ」

そのまま濡れた真琴の髪をかき撫《な》でてやり、唇へと伸ばせばカリッと歯で噛まれてしまった。真琴にとっては単なる条件反射かもしれないが、海藤のペニスはそれでさらに勢いづいてしまい、張り詰めた双玉が吐き出す場所を求めている。

わずかに綻《ほころ》んだ場所へとペニスの先端を押し当て、ぬるつく先走りの液で表面を擦った。

「あ……んっ」

ぐっと腰を突き入れると、先端がぬるんと中へ入り込む。途中で酷《ひど》く締めつけられたが、海藤は真琴のペニスを扱いて衝撃を和らげ、呼吸を合わせてゆっくり、ゆっくりと腰を進めていった。

先端を入れた時とは違い、いったんその部分が中に入ってしまうと後はずりゅっと竿の部分が中へと誘われていく。

三分の二ほど収めた時、海藤はいったん動きを止めて真琴の表情を探った。目じりに涙を浮かべ、唇を引き結んでいるその顔はまだ快感を感じているようには見えないが、酷い痛みもないように見えた。

「真琴」

名前を呼ぶと、うっすらと目を開いた真琴がこちらを見て、苦しげにだが笑んでくれる。

潤滑剤を使っていないので奥はやはり軋《きし》むような締めつけがあったが、そんなふうに笑ってくれると愛しさで胸がいっぱいになった。自分の感じている痛みなんて、真琴が与えてくれる愛情だと思えばまったく苦にもならない。

海藤は押し入れたペニスを先端部分だけ残して引き抜き、今度は始めよりも少し速く中へと押し入れる。

その動きを次第に速く、深くしていくと、なんとか根元まで収めることができるようになった。

「あっ、あんっ、んぁっ」

「……っつ」

何度も中をペニスで掻《か》き回していくうちに、そこはとろとろに蕩《とろ》け、なんとも言えないような快楽と刺激を与えてくれる。あまりにも気持ちが良すぎて、気遣おうと思っていたのにいつしか動きは激しいものに変化していった。

「い……いっ」

真琴は必死になって手を伸ばし、海藤の肩にしがみついて肌に爪《つめ》を立てる。痛みはもはや麻痺《まひ》していて、麻薬のような真琴の身体に酔っていた。

海藤の腰の動きにぎこちなく合わせてくる真琴だが、時折タイミングが合わなくて意図しない場所をペニスが擦ってしまうらしい。そのたびに泣きそうな声を上げ、中のペニスを強く締めつけてきた。

その動きに逆らうように容赦なく腰を突き入れ、先端で中を掻き回す。するとまた締めつけてきて――――と、快感の波は収まることはなかった。

肩から足を下ろしてやれば、自ら大きく広げて海藤を招き入れてくれる。

目線を合わせ、海藤はもう口を閉じることができなくなっている真琴へ舌を絡める濃厚なキスを仕掛けた。

溢れる唾液を注ぎ込めば、飲み込めないものが唇の端から顎を伝って零れていく。それを舌で舐め上げ、もう一度真琴の口の中へと戻した。

舌を吸い、絡めて、息をも奪う勢いで犯していく。細い腰を掴み、欲情を叩《たた》きつける一方で、海藤は真琴の身体の一番奥深くで自分が抱きしめられているのを感じていた。

欲を解消するだけだったセックスは、本来はこれほど濃密に愛情を確認する行為だった。それを悟り、求め合う相手ができたことが嬉しい。

「あっ、はぁっ、か、かいどっ、さっ」

「真琴……っ」

粘膜が擦れ合う艶《なま》めかしい音を響かせながら、全身を様々な体液で濡らしているというのに、見下ろす真琴はとても無垢《むく》で、綺麗だった。自分のような男が抱くたびに汚れていくはずなのに、抱けば抱くほど海藤の方が綺麗になっていくようだ。

こみ上げてくる感情に、きつく華奢《きゃしゃ》な身体を抱きしめる。

「ひゃぁうっ！」

その途端、中を擦る海藤のペニスが真琴の最奥を貫き、次の瞬間、密着した腹に熱いものが飛び散るのがわかった。

真琴が射精した反動で海藤のペニスを包む内壁にも強い力が加わり、

「……っつ」

堪えきれず、その中で精液を迸《ほとばし》らせる。たっぷりと吐き出すそれが中を濡らしていく感触がたまらないのか、真琴は小さな悲鳴を上げながら腰を震わせた。

「……真琴」

とても、一度だけの射精では終われなかった。もっともっと、この身体を味わいたい。貪《むさぼ》って、すべてを食らいつくしたい。

海藤はまだ萎《な》えないままのペニスで、自身の吐き出した精液を内壁に塗り込めるように擦り始めた。真琴のすべてを、自分のもので染めてしまいたかった。

「か、いどう、さん……っ」

「……っ」

「だい、すきっ」

「！」

しかし、たったその一言で、海藤の方が真琴の色に染め変えられてしまう。

この綺麗な存在は、きっと侵すことなどできないのだ。こうして、今この手の中にあるということが奇跡なのかもしれない。

「う……っ」

蠢く内壁に、ペニスがまた締めつけられた。すっかり蕩けきったそこは熱くて、居心地がよく、海藤を甘やかすように抱きしめてくれる。

先ほどまでよりも激しい揺さぶりに必死に合わせてくれながら、真琴が乞《こ》うように濡れた眼差しを向けてきた。

曇りのない、まっすぐな瞳《ひとみ》。淫靡《いんび》な時間を過ごしている今この瞬間も、素直な気持ちを告げてくれる。

「……愛してるっ」

真琴のような目はとてもできなくて、海藤は言葉を吐き出す。それに嬉しそうに笑ってくれる顔がたまらなくて、海藤は奪うようにキスをした。

翌朝、いつもよりもずいぶん遅くに目覚めた海藤は、自分の隣で丸くなって眠っている真琴を見て目を細めた。ずっと腕枕をしていたせいか、身体が離れてしまったことを無意識に感じ取った真琴の手が、何かを探すように緩慢に動いている。その手を握ってやると、ふにゃっと相好が崩れ、幼い表情になるのが可愛かった。

「……ありがとう」

思いもよらなかった誕生日は、思い出深いものになった。きっと来年からは、この日を愛おしく思えるような気がする。

真琴といると、胸の中に優しく綺麗な塊が膨らんでいく。汚れたこの手が生まれたての赤ん坊のように無垢なものになることはないだろうが、それでも、自分が生きていてもいいのだと思えるくらいには、素直に目を前に向けることができそうだ。

「お前と出会って……よかった」

囁くと、気のせいかさらに眉が下がった気がする。

もう少ししたら、多分真琴も空腹で目が覚めるはずだ。だが、目が覚めて一番最初に海藤の顔を見れば、昨夜のことを思い出してタコのように真っ赤になるだろう。

その表情をつぶさに見たい反面、温かな朝食を用意してやってすぐに食べられるようにしてやりたいとも思う。

(……どうするかな)

こんな些細《ささい》なことで悩むなんて、どれだけ幸せなのだろうか。

海藤は隣で眠る愛おしい存在を見つめながら、しばらくの間恋人の特権でもあるその二択の間で迷うことにした。

end

あとがき

こんにちは、アズ文庫様では初めまして、ｃｈｉ－ｃｏです。今回は「指先の魔法」を手にとっていただいてありがとうございます。

この話は私のサイトに上げているものですが、初めて書いたヤクザものなのでとても思い入れが深く、実際、お話をいただいてこうして形になるまでに少し時間があったので、達成感もひとしおです。

ヤクザの海藤さんと、大学生の真琴君。少し普通ではない出会い方をした二人がどんなふうに思いを通じ合っていくか、書下ろしも収録していただいているので、サイトでご覧になった方々も楽しんでもらえると思います。

イラストは小路龍流先生です。いやもう、綺麗すぎてなんに言葉も出ません。眼福というのはこういうことだと改めて思い知っています。

カッコいい男たちがワンサカなので、イラストを見るだけでも一見の価値ありです！

非現実な恋は、読むのも書くのも楽しいです（笑）。

サイト名『your songs』　http://chi-co.sakura.ne.jp

ｃｈｉ－ｃｏ

［初出］
〜指先の魔法〜
Web 掲載作品に加筆修正

〜愛情の標〜
Web 掲載作品に加筆修正

〜プレゼント〜
書き下ろし

この本を読んでのご意見・ご感想・
ファンレターをお待ちしております。
〒101−0051
東京都千代田区神田神保町2−4−7
久月神田ビル7F
(株)イースト・プレス　アズ文庫 編集部

指先《ゆびさき》の魔法《まほう》

2015年5月10日 第1刷発行

著　者：chi-co

装　丁：株式会社フラット
DTP：臼田彩穂
編　集：福山八千代・面来朋子

発行人：福山八千代
発行所：株式会社イースト・プレス
〒101-0051
東京都千代田区神田神保町 2-4-7
久月神田ビル 8F
TEL 03-5213-4700　FAX 03-5213-4701

http://www.eastpress.co.jp/

印刷製本　中央精版印刷株式会社

ISBN978-4-7816-1317-8　C0193